それから

其后

赖香吟 著

目录

- 3 活动中心
- 15 门
- 31 消息
- 37 Do You Remember...
- 59 春暖花开
- 71 那一天
- 89 忧郁贝蒂
- 95 其后 之一
- 109 其后 之二
- 123 椅子
- 163 先生 せんせい
- 179 十年前后
- 189 父亲们
- 207 梦

- 219 代后记
  生手的天真

活动中心

走到大道尽头,正红色的活动中心,如今看起来,有一种属于过去时代的辉煌。走进去,陈设理所当然已经改变,昔日简单打菜的自助餐厅换成了宛如百货公司里的美食街,餐厅另一头小福利社变成了二十四小时便利商店,碰触它的自动玻璃门,便替活动中心开了另一个出入口,取捷通往新建于椰林大道尽头的总图书馆。

在过去,这光线并不怎么明亮活动中心一楼,集聚了电影、礼堂、演讲、餐厅等功能,二楼则有各类社团:思辨的,知识的,慈善的,宗教的,娱乐的,交际的小群体,不同性情的学生约在活动中心碰面看电影,没事就到社办报到,消磨光阴,互诉心事,班门弄斧,清谈终日,一楼餐厅里的桌椅就算非用餐时间,也常座无虚席,人人各自吃零食,抄笔记,做功课,语言交换,情侣叠颈打盹缠绵。

如果不是因为五月,这个活动中心,在她的回忆之中,应该也会和其他大学时代的回忆一样,退化成一个他人的舞台,一些零星的故事，无啥大事可记的布景。虽然的确有过一些日子，她曾在那里买过餐点，看过海报，甚至几场电影，可无论如何，她不曾在这里奉献什么，没有过什么可歌可泣的情节。她与同侪之间总存有那么一些走不拢的距离，可是五月坚持挑战那些距离，跳也要跳过来。

有段期间，五月几乎日日到活动中心报到，从没有光线的租赁洞穴里爬出来，像木头傀儡把线从颈后拉紧，把散乱的热情与悲伤胡乱裹成一团，塞在笑容背后，然后，逢人神采奕奕，甚至幽默大笑，走上活动中心二楼，与人打成一片。

那是八〇年代的尾声，所谓五年级发芽的时代，不顾一切地努力，把知性与情感榨压到极限，且往往是情感越过了知性，人人多少谈一点文学、哲学、性别，也谈环保、历史、政治，种种，种种，各个小圈子汇集在活动中心里来去，那些圈子里的许多名字后来在不同领域有了各自的光芒，但那是另外的故事了，如果巧合，这些人的记忆盒里，应该还留着五月所描述过的二楼社办里的空间狼藉，人与人的爱情与竞合，怀抱理想的青年男女，执着地和自己的风车战得精疲力竭。

第一次见到五月就在活动中心，五六个人在餐厅里并桌清谈，吃食四散。五月到的时候已经迟了不少时间，坐下来说前阵子出车祸，今天可是特别出关来见各位的。一张小脸，下巴裹着纱布，全靠一双晶亮大眼睛打招呼。她和在场其他人多少电话聊过几句，五月倒是完全陌生。

在活动中心磨到天黑，换地方继续。五月虽然受伤还是活络得很，有那种能跟每一个人打交道的本事，包括她。五月眨眨眼说：我们之前见过，不过，你应该是不记得了。

她的确没有印象。五月不在乎，继续说话，没个停顿。她看着五月，自然将之归纳于和自己不同的人，但又不觉得讨厌，活力神气的人多半尖锐，但五月神气里有一种和善。

大家边说边吃喝，唯独五月因伤口不方便始终没吃什么东西。后来时间晚了，总也饿了的时候，五月吆喝：喂，你们好歹也有个谁去帮我买瓶牛奶吧。

她不迟疑便站起来。

五月很快从身后赶来：欸，我没要你去买啊……

没关系。

你知道这附近哪里有超商吗？

不难找吧。她索性直说：其实是我自己想出来晃晃，你就让我去帮你买吧。

五月没再阻止，不过，也没往回走，赶几步跟上她。不一会，又开口了：怎么不穿外套呢？

还好，没那么冷。

抖成这样还说不冷？五月忽地伸过手来摸她的衣衫：这么薄？

这瞬间，仿佛打了个寒战似的，某些平静的事态被惊扰了。

一个人该如何去描述一个人？有必要吗？有权利吗？这么多年，她反复自问这些问题。

如果有一天，她必须描述五月，那会是真的吗？她又何必描述五月？是自己需要表达，还是五月需要表达？

表达自己，五月应该已经做得够多了吧。五月对自己毫不保留，她所揭开的，有时候，还远远超过了我们所能忍受的。要说五月有什么没有表达，也许只是她们之间的故事。五月不是不能写，是她特意没有写，即便写了也只能像个破绽百出的故事，一个事脉与轻重到那里就兜不拢的空洞。

刚认识的时候，五月历史，她一无所知。五月看起来活得很好，几乎可以说，生机勃勃，像个劲量饱满的电池小熊，为不同的事务跑来跑去，用各种不同音调说不同性质的话。从表面情节来看，两个人生活毫无交集，个性也不相同，确确实实是不同故事里的角色，连活动场域也相隔遥远，她多数时间留在徐州路的法学院，很少到罗斯福路这边的大校园来，遑论活动中心，可以说是因为五月，她才真正走上了活动中心的二楼，在那里看五月做各类花式表演，孔雀梳刷羽毛的交际舞。

约在活动中心碰面，通常只为了一起离开活动中心。路上都说些什么，已经不大记得，或许只是两个好学生的谈话，两个女孩子的谈话。那些话，与其接近感性，毋宁更是大块大块的理性，知识与经验的分享让她们跨越陌生，并不哀愁，而是愉快，表现得像坚强的孩子，在伤痕的记忆上跳房子，给经验创造各式各样的简码，像太宰治在《人间失格》玩弄词汇小游戏：汽船和火车是悲剧名词，市营电车和巴士则是喜剧名词。为何如此？怎么分的？太宰说得很傲气："不知其理的不足以谈艺术。"

这是骄傲。难道不是骄傲？孤独者，气弱者，借以依靠、借以撑持的骄傲。这个骄傲不等量于知识，亦无关世俗所谓优等生的形象，不过是玩着一个只有对方才可以陪着一起玩的游戏，棋逢对手，放心触探彼此的直觉与天赋。五月形容自己像一只贪婪的知识怪兽：我们的求知欲可能让我们一辈子受苦。这是预言，但谁以为意呢，在那个骄傲的年纪，从不以为受苦是件没意义的事。她们执着，往前，在那条椰林大道上，把她们联系在一起的，正是一条没有人替她们准备好可她们必须独力走向前的摸索之路，没有父执辈，没有引灯的导师，也没有兄弟结盟，且连作为一个男子都不是的，形体单薄尚未长成的女性。宛如几只离群独自冒险丛林的清瘦的鹿，遥望彼时多半仍由男性建立起来的资本与知识城邦，对她们显露，既雄伟又荆棘，既召唤又无情。

离开活动中心，又到底做过什么呢？无非一起去看片子，去哪里吃点东西，或在五月的房间里，一本书接一本书，一个话题接一个话题。那时候，她们都刚踏上写作之路，各自发表了几篇作品，但五月有较她更大的蓝图与乐观要做一个作家，五月房间，格鏊书架，哪个方位上放了哪几本书，那画面至今清楚留在她的脑海里。之于五月，知识宛若祭坛，在那些书架的环绕下，她们揭露内心伤害的坟冢，她们的友谊在那里生根，可以说，那些书架就是她们故事最早的背景。除了当年所谓文艺青年必读的西方社科、哲学书，五月还衷情安部公房、三岛由纪夫，刚刚冒出头来的村上春树，以及，太宰治。光复书局所出版的当代世界小说家读本早就断版多年，但在彼时那真是一个精致的礼物，每一册都之于她们生命留下了痕迹。其中，李永炽翻译的《斜阳》和《人间失格》尤为一个异数，五月为之倾倒，她虽不能完全同意，仍不得不承认其中有着什么与她不同但依旧穿透打击到她的冲力，一种不同的痛苦，但确实是痛苦，诚实到让人回避不了；每个灵魂都是不同的，但痛苦的灵魂之间有嗅觉般的共感。

真正亲近相处的时间，说来不会超过一年，但这一年，她们到底如何经历对方的生命，又了解到什么深度？五月从不吝于表达意见，也能变换不同方式引人说话，有时候她抵抗五月：你是把我当心理分析吗？五月倒也不恼怒，嘴角仍有一抹微笑。很多人对五月的印象是，善于倾听，善于抚慰，善于给人能量。

不过，到底是在哪里岔了出去，她很快便感觉到了五月笑容背后的匮乏与不安。愈靠近五月，愈直感到外表热闹的五月生命内底若非干旱不毛，便宛如着了火般焦痛不已。后来与五月相处的记忆，愈来愈多的呜咽与呐喊之声，最糟的时刻，五月叙述里不乏耽溺，不乏黑暗，不乏惊世骇俗，她听着，没有惊吓，没有走开，唯一使她无言以对的是关于暴力与血，无法承受痛苦而自残的倾向。

是的，五月自残的倾向是很早的了。初识时候，她就已经在手腕用烟烫下了伤疤。相较于心灵所敏感到的痛苦，肉体显得非常小，灵魂太巨大，承载不了，就忍不住想将肉体冲撞开来，加以毁灭，至少予以麻醉。很多年后，她读柳美里（这个作家把自己献祭／计于文学的程度是另一个令人咋舌的例子），再一次发现所谓意志的软弱与坚强之别，实在主观而难以相较；一方面承担着常人觉得不可思议的经历，但另方面却可能因为小事而顿挫无依，情绪窘迫，无可控制要去做理智知其不可之事，甚至以嗑药以死求其解脱。

当大多数人感觉五月亮得像星，蹦蹦跳跳如小猴的青春时期开始，她便饱受五月死亡黑影威胁，一天到晚要提心吊胆她是否又伤了自己，担心五月碰到足以致死的大小事，是的，纯以表象，一般眼光来看，有些事可能真小，小到太宰所说：碰到棉花也会受伤，胆小鬼（弱虫）有时连幸福也感到畏惧。世人当然可以批评这是软弱、任性、依赖，但她就是没法拿这些尺度去裁量五月；一切只是出于本性与极限，她只能试着理解，太宰的譬喻：生出"柔和善良"之心。

那依旧还是一个平整干净的年代，干净得像天永远是蓝的，爱永远是甜的；世界只是如肉眼所见，领袖就是领袖，百姓就是百姓；男人就是男人，女人就是女人；对就是对，错就是错；近朱者赤，近墨者黑，一个好人应该远离罪行。

或者，延续上面提到的太宰词汇游戏：罪，如果有罪，世人定义的罪是什么？要不，也至少告诉我罪的对词是什么？法律？不，太宰摇摇头：世人就是想得这么简单，装腔作势地生活。那么，是善吗？不，善是恶的对词，不是罪的对词。"神有撒旦之对，救赎之对是苦恼；爱有恨之对；光有暗之对。善有恶，罪与祈求，罪与悔改，罪与忏悔，罪与……啊，都是同义语。罪的对词是什么？"

罪，及其对词。《人间失格》一整个问到底的问号。如果有罪，罪是什么？因为有罪，所以不值得同情？因为有罪，即便不幸也不得抗议？罪的对词是什么？神？有神吗？还是仅仅只是"世人"？

关于同性间的爱恋，她看五月作品《手记》，才知道当年以为五月都想过了，够勇敢了，没什么困扰可以打倒她，没问题的——这个预设是完全错了。

五月总表现得强韧。写在《手记》里那些核心底处的困难，五月到底有没有讲过呢？也许有，一起走路说话的时光，那些细细碎碎，那些纠结摧折的情绪恐怕全都是，只是她没有听到深处？不够感同身受？她不以为人与人的情感需要因为性别而有那么大的画地自限，因此五月问题没有惊吓到她，甚至她有时以为五月放大了情感的痛楚，而把自己陷入痛苦自残之境。

相对五月，她太理性，彼时亦尚有资本足以撑持理性，相信理性足以梳理悲伤，以为聪明才智会胜过情欲折磨，事实上，应该是她没能精准测量到五月的恐惧，不知五月内心深渊的恐怖。五月的话：我不要向前走，我不要成为我自己。

想来五月是深深被恐惧挟持了。

时代安静得非常自私，没有人对她伸出援手。

彼时和五月读太宰，总无法同意，肤浅地指责：一个人要死，何必偕人一同？死，不就孤独至绝，还求做伴？况且是未必相爱、事后连名字都不能牢记的两人，称情死太浪漫。

后来渐渐了解，这不是重点。重点在于这是怎样一个被恐惧与不安追杀的人呀。太宰说，零余者（日荫者，阴影下的人）：人世中悲惨的失败者与恶德者。

零余者听了女侍常子对他说："不要担心（心配要りません）。"颤抖的心镇静下来。

零余者形容常子是那种"冰冷的寒风在身边吹拂，只有落叶狂舞，已经完全孤立"的人，他把这投射为孤独而深受打动，在她身边宛如枯叶在水底找着了可依附的岩石，得以脱离不安和恐惧，得以不再以丑角掩饰自己寡言阴郁的一面。因而，这个以世人眼光来看，疲倦寒酸的女人，之于太宰是，恩人般的女子。

与恩人般的女子一同去投海，未必与爱有关，更多的是彼此的绝望与耻辱。

解开腰带，脱下斗篷。放在同一处，一起跳水。

心配要りません。不要担心。

无论出于天性或因耽读而拟似，五月身上有太宰气味，这是不用再说的。可五月看出她身上的什么？也是落叶狂舞、完全孤立吗？彼此打动的乍看之下是聪明，实则接近孤独，大胆设想，如果她们彻头彻尾真是零余者，何尝不能是一对被彼此孤独打动而一起去寻死的伴侣。（心配要りません。不要担心。）然而，实际的故事是，在那个星星闪耀的活动中心，虚荣与宠爱打造出来的舞台，她们一路走到这里，接下来，也只能被推着逆向发展，变成一对承诺要彼此照护，活下去的伴侣。（不是死，是活，但彼此打动的依旧是孤独。）

所谓对生命最诚实也最勇敢的大学时代结束之后，出国之前，两人最后一次见面，鬼使神差，又约回来活动中心。

到的时候，五月还在餐厅大桌上跟别人作语言交换。她在后面空桌坐下来，随便拿点什么出来看。

若无其事，一切家常。人人桌上摊开好几本书，字典，纸张，笔袋；这就是校园，随时随地表现得一副无菌地带的校园风景。

五月讲几句，低头在笔记本上写点什么，或者，跟对方哈拉大笑，那模样和当年她在活动中心看五月和人讲话的情景，几无二致。

那个五月又回来了吗？她忽然这样想。感觉很好。然而，这个很好，跟以前并不相同。她们之间，毕竟跟以前不一样了。

结束后，五月坐过来，几乎没有让她讲话的空档，叽里呱啦报告她的生活构图，愿景，金钱，情人，机票。

倒带回去。电池小熊又出现了，劲量饱满。很好。她们真是对好朋友。

整场约会五月所表现出来的就是：我全都准备好了，我要振翅高飞了，你就好好照顾自己吧。

她没有提自己亦在准备出国的事，太拥挤了，五月急起来的时候，什么话也插不进去，何况她正处在新恋情的晕眩之中，她甚至没有时间细说刚完稿的长篇小说，一本后来变成畅销书的商品，关于五月的幽默、恐惧、野心、挫折、怨怼、梦幻，统统写在那本书里。

回想起来，这个下午是一个寻常的下午，她们之间最后一个无事的下午,盛世太平地宣告此段作结,另起一段。她们不会预料到人生早已设下怎样的算计,非得让她们继续当朋友不可,之后奇异的旅程,也远远超过了她们的预知。

那一天,只字不提两人共同的过去,也未提及任何可能有关的将来,天黑之前,她与五月推开那朱红色的大门,彻底挥别了她们的大学校园。

门

秋冬的黄昏，法学院总早早就暗了。那儿有着又深又长的回廊，常常一个人都没有，倘若有，多半是一些神伤的爱侣，哀愁苦恼的人，挨在无声的角落里。其他人都去了哪里呢？在对街宿舍小小凌乱地生活？校总区热热闹闹地群聚？应该是在那里吧，相对于法学院，位在城市另一端的校总区是一艘大方舟，容纳千百幻想，无论你要点的是恋爱还是知识，娱乐或是荣耀，大多可以满足，甚至买一送一。

可她喜欢法学院，结束了校总区漂流的小大一，初抵这个古迹校园她有种汲泳上岸的感觉，浑身湿淋淋的，疲惫，在古早的女生宿舍，硬板床上躺下来，沉沉地睡了一觉。梦里她又看到噩梦主站在马路对边朝她招手，那是校总区的后门，当莘莘学子各自驼着书本小海龟似的沿着沙滩爬向海洋，噩梦主伸手把她捏了起来，腾空放在光线中瞧了瞧，然后，再把她放回去，可方才的队伍已经散了，稚嫩地在沙滩上留下紊乱的脚印，她四面张望，找不到路径。

她焦躁醒来，法学院的钟声响了，那旋律如此怀旧，引人想起中小学岁月小小的课桌椅，斑驳的刻痕与涂鸦，时光在这百年校园如河水流过安安静静，春日午后，阳光拉得非常悠长，金色璀璨的光影在每一扇泛着巴洛克气息的圆形拱廊之间随风跳跃，那些片刻，法学院是梦，一个幸福纯良的梦，任它怀里的孩子们曾经如何跑跳于时代的浪潮尖端，法学院仍是他们身后的梦，那个梦里尘埃落定，仿佛一切可以重新开始，仿佛每个孩子都可以毫发无伤地回到这里。

彼时没有五月，没有树人，眼前新城市，华丽的与不堪的，迷人的与伤害人的，都对她做着姿态，其中有噩梦主。噩梦主的手里有信仰，张开掌心发出文学的光，他一方面像十九世纪维多利亚时期的道学家那样百般强调理性与意志的力量，另方面又喜爱讲述希腊时期的神话：爱与魔，生命力，潜意识。

这不是他自相矛盾，而是他要展示，他如何能将两者平衡控制得那么好，所以他是一个完全清醒的人，完整的人。如果无法达到上述能量的平衡，偏斜于任何一方而无法自制，若非招致疯魔毁灭的下场，就是彻底的（噩梦主经常使用的形容词之二）可怜、愚蠢。

为什么当时对可怜、愚蠢那样的形容词，浑然不觉其痛呢？就算骂在不相关的人身上，也该生出垂怜之心吧，想来她是过于信服噩梦主了，而那信服是放大了文学的光晕所致。如果可以不提噩梦主将是件多么幸福的事，如果不是因为那毕竟是相关于五月与树人故事之不可略过的背景，那长夜漫漫醒不来的梦，暗青色的阴影，那划开了她与同侪距离的骄傲之神。在神的眼中，无论是本能激情、理性意志、内心的魔鬼与天使，她与她的同侪们显然都还不能驾驭，而不过是一群刚奋力啄开蛋壳、浑身濡湿、不完整的小海龟（连人都还不能称上呐）。噩梦主以主的姿态捏了一个世界的粗胚，在饮食里下了蜜甜的毒，长大，她会长大，怀着不成熟的知识，歪斜的线条，写作未必需要与世界为敌（不，是根本不需要与世界为敌吧），然而彼时她以为世界若非垂怜待她就是不理解地阻挡了她，唯有文学可以安慰，可以偿还；多少夜晚，法学院像一个人去楼空的庄园，久远的历史，百转千折的哲思辩论，鬼魅般踮着脚尖走路。

谈谈树人吧。这个角色，犹豫许久，写了删，删了又捡回来写。

如果想过在写作上涉及树人，那多半在其他故事，从来不是在这本关于五月的书里。

这两个角色之所以不合宜放在一起，并非他们有什么冲突性，时间上两个人也不是平行的故事，而是他们太容易被解释成两个对立角色，男性与女性的争夺，更糟的是，将这两个角色放在一起，倘若写得不好，或因文章拉力将他们做了不合适的比附，简直是对他们做了再一次糟蹋，而这就是她过去所犯的错。

有些人，你不会忘记看到他的第一眼。那当下的时空气氛，那个人的姿态，仿佛在记忆库瞬间结冻，任凭后来时空如何更替冲刷，不会蚀坏，不会腐朽，不会消亡，永住下来。

树人是第一个使她经验到上述记忆的人。初始她以为这不过是记忆的随机选择，偶然恰巧记住了这一幕，就像我们也可能执着记得童年某个欢愉或恐惧的片刻，然而，当时间愈拉愈久，人生故事已经迥然不同于当年那一眼，就连气氛也没有一丝相似，可那瞬间记忆，却动也不动地存在，不需要复习，不需要重逢，你偶而注意到它，何等讶异地发现它一点变化都没有。

这一眼，不完全同于一见钟情，至少这个章节里想说的并不是这个类别的故事，而是有没有另一种，发生得更早，早于所谓爱情故事发生之前，一种儿童纯洁的依偎？在那间好大的教室里，他迟到了，红色外套，把书包挂在左肩，踏上阶梯找位子。她不知道这个人打哪里来，从来没见过，但又宛若见到了自己。那时她已是个概念的人，因为缺乏现实的基础而概念化，然而，树人跳过概念的关卡，直接引她回去时光流水，泛起年少稚嫩之心；似乎有什么联系存在于她与树人的命运里，不是爱情，还有别的，至今她仍难以说明那到底是什么，明白的是她与树人违背了那个命运，倘若因此必须有所惩罚，受罚者竟然不是她，而是树人。

认识五月之后，有些日子，她会走出宿舍大门，沿着绍兴南街，往中正纪念堂方向，沿途多是低矮违章建筑，简单做着饭面营生，到了信义路口，绕进伟人殿堂转个大弯，出得爱国东路、丽水街、和平东路、温州街，然后走一段清凉的新生南路，青春小鸟的帝国，校总区，如果没和五月约在这里，她便继续走过大杂院般的罗斯福路、昏暗的万隆，然后，抵达了景美。

那是她与五月之间的距离，一个小时以上的路程，不知道为什么，那时候她经常这样走路，与其说是要去找五月，不如说五月住处给她的跋涉设了一个中止点。停下来，不用敲门，五月房门从来不锁。在那个门里，经常有五月趴在桌前密密麻麻写字的背影，那个背影不因她的到来而掩饰，那个背影甚至转过头来跟她叙述书写的内容，她意外关于文学除了噩梦主还会找到与之相谈的人；那时还有阿粮，何等清澈的少年之心。

想来那是伊甸园，无性无忧的嬉游，真空地带，事物缺乏命名，一切诉诸身体与心灵的原始感受。他们在语言的缝隙里穿梭，反复敲打使之发出不一样的响声，不一样的指涉。三个人的谈话，各自裹藏着对世界的秘密态度，受伤与寂寞的痕迹，虽不完全相同，但彼此生出柔和善良之心，三棱镜里折射出不同的自我。时代刚敲开一个小角落，许多事情的轮廓蔓延拉远至他们尚未有能力抵达的地方，马奎斯[1]的名句：许多东西都还没有命名，想要述说还得用手去指。

夏天过后，当树人站在女生宿舍窗下的时候，她一点没有把这画面与大学里的恋爱故事联结起来，尽管日日看熟了宿舍大门缠绵的惜别戏码，却不曾以为自己也会像恋爱中人舍不得分开；与树人之间有种感觉，但她一直不要这个感觉，这个感觉将导向的结果（应该就是爱情吧）太理所当然，她就是不要这个理所当然。

这是那个时代的年轻模样：理所当然想必缺乏意义，价值藏在险峻的风景里。"那时我傲慢狂妄，充满幻想，这使我把爱情推迟到模糊的未来。我认为我不应该轻易地陷入凡俗的感情，就这样随手挥去，像卡门在驱逐烦恼时摇她的手铃一样。"女作家潘婧在她的小说《抒情年代》里如此描绘七〇年代北京的类似情境，卡门手上的手铃在九〇年代的台北会发出什么样的声响呢？家变？叛逆？自主？主体性？性别解放？铃声叮当催闹着人往浪尖上去，这波时代的浪潮会抵达什么样的海岸呢？年轻的她太容易找到与树人之间殊途的理由，且当她并非美貌女子而被对方家人拒绝之际，她是更加有了与现实为敌的借口，

---

[1] 大陆译为加夫列尔·加西亚·马尔克斯（Gabriel García Márquez, 1927—2014）。

故作轻松道：我根本也没那个意思，想太多了，不过是朋友，不是吗？

　　时代的洪流基本上没有什么太大的错误，但其间不乏有形形色色、个人的小故事被筛落下来。树人是她个人的、理所当然的挫折，但她却借了整个时代的口号来作脱逃。对所谓凡俗的要求，过往她表现得无所谓，以不在乎来抵抗之，要不把自己举得高高，学噩梦主的口气说：残忍、偏见，可这一回合她心生柔软，柔软就是感觉对方其实没什么错，即便残忍、偏见，刀口也只能向内了——她或许在受伤当下领悟到了自己对树人不是泛泛之心，但那感觉是倏忽即逝的，伤口很快被骄傲掩盖，原本就摇摇欲坠的现实急遽偏向抽象那一端，她是找到了理由，把可能立基于现实世界的愿景（如果曾有过愿景）给丢到身后，把与树人之纯真年少岁月（仿佛他们真正联系得那样早）不留恋地舍弃，怀着不和平的情绪跑进抽象的大雾之中，任树人怎么叫喊也不回头。

　　有一个阶段，五月辩证似的在改变自己，一会儿削短了头发，一会儿穿着裙子来跟她与阿粮宣示：我要开始谈恋爱了。

　　关于爱情，五月说得很多，与情人来来回回的拉锯，何等漫长，自我折磨，明暗不定，认同的过程。可叹那个时候她们连"认同"这个词都尚未优雅地习得。五月只能在书本、日记本里反反复复拷问自己、锻炼自己，今朝狂起、明夕暴落地试探人与人的可能性。五月能和很多类人在一起，她嗅得出哪些人身上和她一样有疯癫的热情，人人觉得她混得好，人人觉得她愉快，九〇年代初期火热过的，五月多少都沾惹一些，那些夜游、文艺营、咖啡馆、小酒吧，一千零一夜说不完的故事，放纵的、寂寞的、迷惑的、展示痛苦的人，各种不同类型的狂野与忧伤搅弄在一起，要直到很久很久以后才恍然大悟原来彼此怀着不同的身世……

五月何不就在那里寻找她的知音呢？一定会有的吧？她不了解五月为何选定了她，她们是如此不同，她甚至是骄傲的，表现出一副对那些生活、那些人毫无兴趣，解救之路全然不在那里的样子。她渐渐看出五月眼神里的不同，虽然那多半只是一瞬间的事，五月没有明说出来，因为知道谜底而恐惧，她不恐惧，因为无知，且继续无知。她们之间维持着完美的、倾听的姿势，关于五月曲曲折折的同性爱恋心境，但那总还带着说故事的口吻，恰恰好的距离……

直到情感细节有如魔鬼渗入她们之间，才后知后觉事情无法那样简单。尽管彼此相信性别绝非她们之间的全部，彼此也想要一个灵魂的朋友大过于一个终将被占有欲压坏的情人，但是，两人关系毕竟如小船在大海里摇摇荡荡，航线一有偏差，就有人要因剧烈的颠簸而跳船逃走。感情没法是一个人的事，再怎么彼此划分，波涛都是两个人的。她尽可能表现得无动于衷，这之于五月，正是可悲的漠视，五月内底庞大的心魔，久远的伤害。她再怎么明白五月，仍然不够明白什么叫作被漠视，她知道五月许多伤口，但知道得还不够深，不够柔软。

五月总希望她变成一个柔软的人，她的独来独往，自己舔舐伤口，之于五月，都太冷峻了：心内有爱自然表现柔软，何以你要逆向而为？噩梦主却是尊贵而傲慢地：世人呀，你们这些小海龟、女性们，爱是弱点，爱是陷阱，鹿群里受了伤的小鹿，往往就是那血的气息发散出去，以至于引来了豺狼的攻击。树人在路上拦住她：你到底在想什么？这么简单的事你说得那么复杂，你不可能不爱我。

有一阵子，树人消失了，分手练习。

又有一阵子，树人把头发留得很长，胡子也不刮，脸上暗沉沉的，他把自己变成另一个人，截然不同于他留在她记忆里的第一眼。

看树人这样改变自己，她心里难过，想跟他说：不是这样的，问题不在这里。完全不是所谓文学的缘故。文学也不是这个样子。

那你告诉我到底哪里不对？树人问得直锐：你到底要我怎么样？爱她简直自取其辱。用树人气疯了的时候说出来的话就是：我是哪里配不上你？

好几个季节，拉拉扯扯，树人总想要说服她，至少也要她讲个明白。但如何能明白呢？如果她自己都看不清楚内心的迷雾。噩梦主手一指，勾勒出朦胧的彼方，青春之心总把彼方与当下视为二元对立，如修道院的厚重大门在身后沉沉扣上，她眷恋而胡乱地说：你不了解我。

概念堆砌的语言对树人全不管用，他渐渐成了发怒的兽，吠月之犬。有一回，树人总算堵住她，她无计可施钻进路旁电话亭，试图找人帮忙转圜，没想树人跟着进来，不给拨号码，也不给推门出去，就这样死死困在电话亭里。

她知道树人不会伤她，只是不让她走。树人有时候固执得像头牛，且他就是要用这个固执打动她，他相信她懂，只是不肯接受。他们在互比谁固执到顶了，就能让对方退下阵来，不再折磨。

时间一分一秒经过，他们终而安静而疲倦地，连争吵都提不起劲了，只留着青春蛮横的力，互推不开那扇门。那种玻璃盒子般、亮晶晶在黑夜里演出一场默剧似的电话亭，如今是再也没有了。他们彼此懊恼着，不想这么做，但毕竟这么做了，不知道拿自己怎么办，也不知道怎么安慰对方，直到一个巡逻警员骑着脚踏车路过，才把他们释放了出来。

整个夏天和五月很少碰面，灵魂无设防的谈心不再适合，偶而打电话聊的多半是五月恋情，要不就是新话题：她把小说改编成剧本，和一群伙伴拍了短片，冬天结业式，同时影片发表会，五月要她一定去。

电梯门开，出乎意料的热闹场合，五月又成了人群里夺目的孔雀。五月总能把痛苦化为柴火，愈烧愈旺，让自己亮得动人。应了噩梦主的高调：没有灵魂的痛苦，没有文学。何等残酷，但她又不得不承认过程的确如此。噩梦的礼物就是想象力。她明白，五月、阿粮都是这样的人，他们也是因为这样才变成朋友。她们是文学的孩子，终而，文学也是她们的孩子，这一点，怎么样都改变不了，她们也总是会被这一点所打动。

灯暗下来，影片开始，五月孩子气地把头枕在她的肩上，她没有推开，一个单纯的依靠。

她们继续做一对好朋友，可那必须建立在很多规范与冲突之上，语言与行为如履薄冰，地雷处处。关系时刻拉锯。五月往前一步，她就退一步；五月退得太远，她就拉她一把。这是关系既不稳定又不诚实的阶段。她变得愈来愈厌倦于爱，听人讲到这个字就想捂上耳朵，她质疑何以爱总企图把对方变成自己心中想要的模样，之于她，爱是规驯，眼泪做成的暴力。至于五月的爱之旅，似乎已不可免地要朝现实抢滩上岸，翻开了一页，就有更多秘密撕咬着她必须去翻下一页，甚至于是整本书——用后来的话说，五月是在摸索建立她的"认同"，像一只孤独的爬虫类，匍匐走进那还没有完全开启，而难免混淆各种性质的世界里去。那段日子里，她不问，五月也不说，整个世界依然封闭如同一只酱缸，她们沉溺在各自的问题里，关于存在，关于爱，关于自己要长成怎样的模样，如果她问得出口：你找到答案了吗？五月会回给她一抹凄惨的笑：不，逃到哪里都是一样的，我，无处可去；还是会露出小丑般的鬼脸呢？对，你能懂得黑暗的温暖吗？呵，那里人人都爱我——

　　她们那么明白对方，却又彼此隐匿伤口，亲善以对，在她面前，五月常表现得一点事儿都没有，要不就是一切都弄清楚了，一切都在控制之中，只有很少数的时候，才会因为满载不了自己的情绪，而暴烈地伤害了彼此。后来五月变得常常写信，说不出话便写信，这些信揭露了五月怎么看她，怎么把她放在一个位置，怎么来跟她商量两人继续做朋友。她通常没有回信，没有表现出那些信对她的打击。那些一封一封没有回的信，在她们的历史里一次又一次按下伤害的计数器，五月一次一次被推近绝望与愤怒，无论她再做得如何之轻，自我禁抑与内心失败的印记总还是折磨着五月，在个性深底，五月对于同性恋爱的宿命悲哀，从来没有完全痊愈，她也过分蒙昧地以为写作患难的情谊可以作为一切的基底。根本的事实是，她们没有比谁更强，足以克服这种人与人之间情感不对称所必然要产生的误解与伤害，关系暧昧自然会砸烂的摊子；甚至于，她们没有比谁更强而是更敏感，以至于那些伤害的痛感是要加倍的。

　　她们小心翼翼要做对好朋友，反倒失却了以往的温暖，诚实，幽默。她们不得不彼此觉悟，存在就是折磨，承受不了，唯有禁断。

忘了是谁通知她树人自杀的消息，记忆中那个通知带有深深的谴责。

命运给了她一次侥幸。躺在急诊室的树人，眼神空洞，医院的薄被单盖不满他长长的脚，没穿鞋也没穿袜垂在那里，非常土拙、凄惨的感觉。

死亡，第一次出现于她的眼前，表露着青春的荒凉，赌气，心灰意冷，可是，为什么会是树人呢？

树人的事为什么使五月那样哀伤呢？很长一段时间她不明白这一点，就像她不明白为什么树人会做自杀这件事。

如果有所预期，她以为五月会愤怒，像以前那样责怪她欠缺柔软，责备她这冷漠的人把树人逼到自杀地步。或是至少安慰，她们不是好朋友吗？没有，五月很少说不出话来，就算耍宝也能胡诌几句，但五月真正不说话，眼底的哀伤仿佛死去的不是树人，而是她自己。

如果有所预期，树人从来不是透露生之厌倦的人，相反地，他坚强内敛，人生有所计划，不曾说过痛苦这个词。心绪风吹草偃，把灵魂与死亡挂在嘴上的人，不是她和五月吗？文学艺术里反复出现的自杀在眼前发生，竟然不是自己，也不是五月，而是树人，这太无辜了。

回想起来，真正不顾现实的是树人，紧紧抓住抽象价值不放弃的是树人吧，但那时光里她就是以一种不可商量的虚无、晚熟，折磨着树人与她的关系。树人是个不轻易改变的人，他连吃饭菜色、地点都不太肯变，但现在他把自己变成什么模样？她得细细重头想起，什么时候泛出甜美气息（她能说自己是无辜的吗？）什么时候拐个弯她便一股脑走进噩梦主预言的阴影里去（灵魂受苦凭什么高于其他？噩梦主何以高高在上？）那样的转折对树人是太难理解，也太难接受了。特别是当后来连那薄弱的现实的反对也不存在的时候，树人更把握要说服她，拦阻她，可她关上所有的门，像鸵鸟把头埋在沙子里。爱你简直自取其辱。五月有没有说过类似的话？

仿佛脸颊上被狠狠摔了一耳光，她一痛而忽然明白，和树人一样，五月内心藏的是爱情，简单明白，原来都是爱情，任她想得再多也不能减去这份简单明白。树人的爱情也是真的，不因为他简单明白就失却了抽象的意义。她的脑袋到底在想什么，海市蜃楼？空中楼阁？象牙塔？不存在的敌人？莫非噩梦主给的全是遁词？

最痛苦的是被当作什么都没看到，五月这样说过。即便她们之间无论如何有着写作患难之情作为釜底之薪，但后来时间里确实是爱情在折磨着五月，她若视而不见，顾左右而言其他，这样对待五月，和（太宰所恐惧的）世人又有何不同呢？以朋友之名对待他人，听似多么纯洁，其实是个多么恃宠而骄的词。既然不再相信爱能打动什么，再付出爱只是对自己的轻蔑，一种被羞辱的感觉，或许，像笼罩五月一样地，使树人失控了。

毕业典礼，五月没有出现，阿粮把带来的两束花，一并送给了她。

打开另一本书，带着分道扬镳的意味，五月结束了爱情的试验，找到并真正踏入她的家庭生活，一种所谓同性恋的家庭生活。是的，差不多到这种时候，同性恋这个名词才在一些管径上浮现出来。命名除魔，命名驱赶恐惧。然而，雾渐渐散的时候，她们已经不在那里了。

说来完全没有预感，浑然不觉地，她竟和五月一起走过了年少蒙昧的认同之路，或是阴错阳差在五月身边看她跌跌宕宕走过了这一段。其间，她们多少错待了彼此，也在很多不必要的关口用尽了力气与眼泪。还好，她们总是复原得很快，抽不走的釜底之薪。仿佛只是一个盛夏燃烧过后，拂一拂身上的尘埃，事态回复最早的模样，只是换成五月走长长的夜路来到她的房间，家人饭后似的闲聊，谈生活，谈就职，谈写作，有些时候，五月根本只是带本书来看，或者就在她的桌上写日记。

节制。她们各自摆脱了人生中第一关情感的测试，生命的青涩新鲜味道也一日一日地淡薄下去，通往成人世界的门——

开启，那之后若非什么也没有，就是更多的铜墙铁壁。青春脚步在这里缓住，如水涡里打回旋，人人在此观望、酝酿一个未来的样子。

那段时光安静得像个过场，幕与幕间，情绪无轻无重。黑暗中，换场准备，五月手里的剧本已经画好了路径，她也别无选择地要去。那些路径已经不在校园，也不在岛屿，而在更远的他方。他方，新的时代流行语，透过种种陌生而拗口的翻译词，小众相传，丛林密径，展示魔术的光晕，五月如信仰者渴求，如渴死者挖掘，丝缕纠缠，点滴以抱……

在灯光还没完全打亮之前，五月蓄势待发，她似乎已经决心顶撞世界朝她封锁的大门，她被禁锢够了，她执意要冲撞它，以超前时代的步伐，对这自私平静的世界呐喊，自白，呈现自己的模样。

一切都还很寂静，没有谁发出尖锐的声音，五月义无反顾打开门，走了出去。

这是后来五月的写作。

消息

1993年
5月27日

  距离上次在北上火车里交给你的最后一封信,好像有一年没有给你写信了,这之间只有一次想要写信给你,就是上个月打电话至东京给你时……今天梦到你,那已是完全丧失诠释的线索,完全无甚意义的,再难感觉从前那样的悲哀与寂寞,那些无从说起,不可触及的,使我感到有如铅重的乡愁……

  再过几天就是我的生日,如往年我总不喜欢度生日,感觉人生残酷依旧,只不过变奏着形式罢了(这种感觉还是只能对你诉说),但人大了,年龄一年年老,残酷的事一件件过,反倒愈来愈幸福,愈来愈快乐,因为人也愈来愈残酷,虽然仍恐惧、厌烦于现实,但不怕人生,真的!

  想悠扬地唱歌,悲伤地哭泣,发热病似的写作,但总是不行,不够美丽,不够悲伤也不够激狂,这些总是早已丧失或还要等待,除此之外,怎么也不像在活着,野兽试图要挣脱栅栏,生命的黑流盲动，酒神渴望酒精，狂乱、堕落与自我毁灭，到哪里都一样，这才是我的生命真实……那些无所不在的秩序与生活制度，可笑啊，我们所宣称的成年的责任，寻求一种存活的方式，多可笑的存活啊，为了维持存活的形式，生命镂空成虚幻……鱼与水都已漏失，尽余渔网。经过这么多年，驯服各种人生价值，尝试各种存活的经验，心灵的百般乖戾也被收拾得差不多，开始和一般人一样平凡、宁静且保守，开始和人生一样客观、残酷：存活就只是存活，存活的目标就仅是维持存活的形式，鱼和水仍不断地流经，却仿佛是别人的生命一样，恍惚……

1994 年
10 月 5 日

　　收到你的来信，不知如何形容那种感觉。好像自己一直都在等你的信，等一封信，也不是什么特定内容的信，而是等一个自己心情转到特定刻痕之时收到你的一封信，能自由、也想自然地亲近你。

　　从信的三言两语中，可以想象你这几年的变化，仿佛整整两年没见过你了，而这样的"不见"并没使我不能理解你，也没使我们变得遥远。相反地，人多活几年，离年少轻狂、血气方刚的年代愈远，什么"变"与"不变"的调焦也就愈是准确，画面也愈是稳定起来。我只相信你会变得愈来愈好，愈来愈柔韧,也愈来愈厘清,能去取舍你生命中几个冲突的主题,或许也愈来愈能爱人或被人所爱吧……不是不知道某些东西对你的难处而如此天真地期待你的人生,而是我感觉到你在往这个方向行进。

这两年的没给你只字片语,及无数的偶然造成的"不见",反而是好的,使我明白某种你之于我的不变性,多少之于我重要的人物来来往往于这简短的五年内,无论是以如何如何的身份,反倒使我相信:我们是有关联的。只是我也在等你在某个向位上长大起来,使我能在你的人生舞台上占有一个角色,我并不觉得这于你是件容易或单纯的事;在我这方,我的人生还欠缺许多自信,自我承认,直到现在我也还不曾真正学会自己爱自己,使我能在无论你是否知道如何待我的情形下,与你相处而内心能光滑不受疼痛的。

这个夏天之于我好长好长,我都不知道自己是怎么熬过来的。光是这封信就写了好几次,怎么写也完成不了。中间的曲折及偶然太多,我变得甚至该怎么给人写信都忘记了,也没办法对别人述说我发生什么事,但是我也是得给你消息的。

这个夏天,我打过一次电话找到你,那时我非常不好,非常脆弱,我割过一次腕,很痛,那一阵子很需要熟悉的声音如你,所以冒失地追踪你的电话到台北。

来日相见,或许那时你能从我眼里看到一种具体的想象力,那想象力触及的点是我们可以活得不要如此容易看到生活之中悲观绝望的那一极端，也不需要分分秒秒跟自己的感觉奋力反抗、辩解才能勉强如此。我相信自己会有那么一天，会有那种想象力的。

1995 年
1 月 4 日

收到相片时，眼泪忍不住涌出来，实在是太久没看到你了，百感交集，刚和朋友去听了一个大提琴回来，开门时已午夜，卡片就静静地躺在我的桌上，打开卡片，突然看到你，真把我吓住了，反复看了看，睡前再把纸笔拿出来坐在床上写点东西给你。

太久没看到你，看到照片时，突然觉得自己无论如何是配不上你的，也不知为什么突然生出如此"无稽"的念头，看看自己手背上结痂的丑陋伤口，最近任何人都会被它吓到，想想自己实在是个形貌丑陋的怪人哪！你的确长大了一些，从照片上看来，白围巾很好，红大衣也很好，左脸也依旧很好，一切都很好。

看到照片掉眼泪的那一刹那，我想你站在我面前，和你站在照片里其实也没什么不同，差别的是在照片面前，我可以随意地掉泪，而若你站在我面前，我可能不会掉泪，也不会允许自己掉泪，这也不知道是为什么，不是因为自己所站的角度是仰望你好美的姿势，而是自己实在是从没训练好自己习惯于自在地站在你面前吧。

  这也是为什么要以如此字迹潦草的方式给你写信的缘故，觉得丑与乱，无序无目的，可以使我在你面前的种种压力、限制与束缚暂时抛开，躲开，遗忘，我已忘记我这一生是不是曾经如我所努力对别人所做那般美美丽丽地给你写过一封信，一封真正美丽的信，是不是好好地分给你过我这个人真正的华彩，但是我想我是一直努力地躲掉要给予你我好美丽的任何一丝努力，也不知道为什么，虽然明知你能懂，你能欣赏的，但总觉得在你面前不能淋漓尽致地表现，演出自己，也许是跟从前的"不被看见"有关吧。

  唉，该怎么跟你说呢？该说什么呢？该用哪一种字体说呢？关于你，我是愈来愈自暴自弃了，也许我只要跟你说"自暴自弃"这四个字，你就完全懂了，对不对，因为你是如此聪明。是的，自暴自弃，不想再给自己任何想象，任何憧憬，任何希望，任何享受，任何安慰，关于你，关于来自你，只要如从前般地"遗忘"就好了。

Do You Remember...

亲爱的五月,让我来给你回信吧。就从遗忘谈起吧。不是所有遗忘都是时间慢慢洗去的,有些遗忘来自禁抑,有些遗忘来自断裂,宛若电击打坏了大脑里的海马体,某些时空发生过的事就是消失了,余下来的连缀总显得勉强,要不就是移花接木,凑成了别的故事。

在这本书的前一个稿本里,我把《地下社会》在台湾上映的时间记成了1995年,因而以为我是看了《地下社会》才打电话给你,也以为那次台北重逢,我们想必聊了不少库斯杜力卡[2]。事实上,我记错了。1995年确实是《地下社会》在欧洲囊括奖项的一年,但台湾要到隔年才引进了这部片子。

所以,你到底有没有来得及看到呢?所以,当我在真善美戏院看《地下社会》的时候,你已经不在这世上了?写好的故

1　大陆译为《地下》(*underground*,1995)。
2　大陆译为埃米尔·库斯图里卡(Emir Kusturica,1954—)。

事看来得再重写一次，你喜欢移花接木的记忆，还是现实的凭据呢？初识时光，遥远到只能用远镜头去回望，至于其后，两相别离却又重逢的情节，我经常记不清楚甚而是记错了，记忆原来有那么多空洞，踩空了，消失了，要不至少也是一片混乱，还好你那三封信帮我把时空拼凑回来，可是，那些叙述为什么和现实落差如此之大，你为何总不坦露凶险而要穿过现实发出那些状似欢乐的声音呢……

太宰治写过一篇文章叫作《东京八景》，如果你以为它是个景点指南，让人循着去游东京，那就大错特错了（不过，你想也知道太宰写不来这类文章吧），所谓八景，不过是他东京十年辗转迁徙的几个住所，太宰借其写了当时的生活，发生于自己身上的事。

这时太宰三十二岁，刚结了婚，还没有做父亲，可以说刚告别了早期的《晚年》，进入所谓"安定与开花"的写作中期。

我猜你不会喜欢"安定与开花"这个词，可能还要说，正是那段时间的小市民生活，使他自觉腐烂了。

我们先不争辩，事实上，《东京八景》在我看来也的确可以视为《人间失格》的前史，每个阶段，太宰似乎总得写一些这类作品来跟自己对话。可是，我想告诉你，《东京八景》还有一点别的，难得地显现了即使是太宰也有其觉悟与韧性，使我感到他的"安定与开花"并非一场虚妄的努力，啊，请你不要老说那是一场腐烂……

这些严肃的东西,之后再慢慢谈吧。让我先仿照《东京八景》的趣味,来说说别后的生活吧。

活动中心别后半年,我抵达日本,季节正春,可因为一阵突来的冷霜,枝头上才开苞的樱花来不及绽放便凋零了,是个无樱可赏的东京。对比你一心一意要去巴黎,我没想过自己会到东京来,抵达当下,与其说拥抱了梦想,其实是连住处都不安定的现实在等着我。所以,我的东京第一景不过是新宿周边的小旅馆罢了。有个晚上,提着便当经过电话亭止住了脚步,那时刻,我想打个电话,说说话,但打给谁呢?心头压着一股最好不要去想,一想就无边无际的不安。

在往日,柴米油盐、钢筋水泥、名分位阶所构成的现实世界之所以不那么为我们所重视,是因为无论如何我们正是由那个现实生长起来的,因为熟悉路径得以演化到握有解释现实的优势,甚至无视／无感于现实的要求,入了眼底的现实也经常是心灵选择后的结果。出国,固然是一种梦的投奔,可同时也存在一个陌生而庞大的、新的现实,俯视着新来乍到的我们——我们不再能恣意选择现实,而必须先在现实结构里找到求生之道——当我仰头发现这个事实,恍然明白出国不是儿戏,我真正切断联系,只身陌地了。

那一晚,最后我打了电话给阿粮,简短告诉他我已经到东京几天了。你想也知道,阿粮一定说了温和的话,他几乎从来不应和激烈的情绪,甚至在他面前我往往要为自己的多感躁动感到不好意思。于是,只是小小地放纵,我就又提着便当回旅馆了。

之后,由着一些租居的风波与条件,我不得不继续在旅馆里留了个把个月。某个完全被陌生感所攫的星期天晚上,在 NHK 看到一张熟悉的脸,啊,那不是李维史陀[1]吗?眼前是东京?还是巴黎?当时我对他除了一本《忧郁的热带》再没有其他的理解了,可是,在那个冷清几乎快有霉味的旅馆里,李维现身那一瞬间真有点奇妙,毫无期待会正面遭逢的抽象心灵,如此具体呈现眼前,李维不再只是一张照片,而是一个同步生存于现世的人,他的心灵在转动,向着所有凝视他的人说话——那一瞬间我比打电话给阿粮那时刻更感到只身陌地,但也感到仿佛有手照拂,眼前不存在什么封闭与限制了,可我们也被抛进了真正的水流之中,无形状、无边际、无处不可去,伟大心灵就在前方,但我们该如何游过这片心的海域呢……

那是 1993 年李维史陀接受《忧郁的热带》日文版译者的访谈录像,以我当时的能力,并不足以听懂他们在说些什么,但内心难免起了骚动而跑去书店,找到李维的序,原来,他也是

---

[1] 大陆译为克洛德·列维 – 斯特劳斯(Claude Lévi-Strauss,1908—2009)。

个日本迷,卷在十九世纪末以来巴黎对日本的想象与错觉里,童年李维着迷于浮世绘,对他而言,那些版画里藏着一个精细、适合玄想、梦般美的世界,当然,他也深知想象与现实的落差,因此,他似乎是有意延迟着他真正踏上日本的时间……

我们有没有来得及谈过李维史陀?想来是没有的吧,你喜爱他吗?我不确定。想来有趣,我钟情李维,却是你去了巴黎?你迷读日本文学,却是我来了东京。李维将日本珍惜为"童真爱情的绿色天堂",我心底的日本倒影却毋宁是座死与美的山谷。我处于李维所譬喻的月的遮蔽面,而你,正在他所说的,月亮明亮的那一面。在那里,你过着什么样的生活呢?我们会不会仍跟十九世纪相去不远,因为无知与距离而浪漫以为对方正站在发光的起跑点,生活充满惊奇与探险?抑或你会和我或其他所有买了机票离开的同代人一样,将与现实生活正面相逢?还是你能继续肆无忌惮地活在心灵世界里?我难且不忍想象,如果有一天你无所选择必须去面对捉襟见肘的现实世界,会是何种光景?

那天,我在书店同时看到了成叠摆放的村上春树《国境之南、太阳之西》[1],那当下,难免还是想到你,想你必然大喊买一本吧,买了怎么寄给你?没有住址,没有电话,更不可能有email,我们之间存在千山万水,无论飞机往东还是往西,都要

---

[1] 大陆译为《国境以南,太阳以西》。

横越大半个地球，飞上二十几个小时，在更早的往昔，这段距离还得在海上漂好几个月——我们确确实实分开了，不仅是心理上，也是地理上的，不仅是现在，也可能是以后整个未来，当时，我真正以为我们不再容易碰面，日后发展大约也不会有多少交集了。

就在那样天地事物寂静下来的时刻，某一天下午，旅馆里的公用电话响了。我拿起话筒，沙沙作响的杂音，以日语应答，久久传来对方迟疑的英文，继而忽然停断，冒出了中文："我啦，找到你了。"

我愣了愣，是你，你怎么知道我在这里。

再怎么失了联络，你总有办法找到我。故意拉高的大嗓门，说着你怎样跟我母亲聊天探消息。还记得那年的寒假吗？你和几个朋友到我老家去玩，小个儿，甜嘴巴，停不下来的活蹦乱跳，我妈给你取了个昵称：厝角鸟儿，小麻雀的意思。

此刻，这飞得老远的厝角鸟儿听起来和往日一样活气，一样说法国有多么符合愿望，多么适宜伸展人性，月亮那一面多么灿烂明亮。你还说，语言学校结束之后就要转到巴黎去，巴黎，巴黎，你说起这个词老像唱歌一样。

挂断电话，一切又归于沉寂。我想我们彼此都很明白，短期内不会再通电话，旧话题不须重提，新话题不知如何开启，这通电话应该只是你想确认一个联系，天涯海角，知道对方在哪里就好了。

话虽如此，我毕竟起了点担忧，依经验，你那样笑着说有的没的，多少有事，就像那些还在景美的夜晚，我渐得了这样的结论，没事你不会找我。不过，你既然没说出什么，我也不打算追问，就把这通电话当作留学生活里一点难免的跌宕，彼此讲讲话，听听声音，就会撑过去的。那个时期，我相信你的柴火还很够燃烧的。

*

东西贯穿整个东京的中央线，车厢是橙色的，橙色理应明亮，但可能因为它跑得太远，列车进站出站总带着一股忙碌而疲惫的感觉，也可能它越过了太多的时间，那些车厢很少是不惹尘埃的，月台的风总有点萧瑟，梁柱上染了灰黑的手渍。

我是住在小金井以后，才知道中央线是条有趣的轨道，除了起源甚早，更在关东大震灾之后见证了东京市容的变迁。许多文人离开烧毁的旧街町，沿着中央线迁到新宿、中野以西，同时也给此区带来了一股浮浪之气，彼时正从南方殖民岛屿而来，学习绘画、演剧、文学的台湾青年，也三三两两介入了这波浪潮。当太宰离开荻洼，去甲府迎了新婚生活之后回到东京，他选择更偏西的三鹰落脚，虽然已经接近战争时期，这里仍是成片荒地，连瓦斯都没有，生活不便的地方。

小金井位于三鹰西邻，想当然更多几分郊气，即便已经二十世纪末，中央线的繁华过了三鹰仍要顿减许多，等在车站前方的商店街通常一望就到尽头，藏于街巷里的食堂、酒肆、糕饼铺倒留了几分浮世绘风情。生活在中央线来来去去，御茶水，国分寺，要不就是在吉祥寺换井之头线去学校，日复一日，连风景都变得寻常的时候，我渐渐领悟人的生命本质到哪里都一样，没办法轻易抹去，也不会魔术般改变，只能带着它一起走。

吉祥寺，这个战后的黑市交易点，如今已演化成为繁华的生活剧场。友人们经常约了这里聚餐、购物，多数时候我们走到商店街尽头，穿过已经蔚然成荫的井之头公园，在资深先辈仅容旋身的斗室里，消耗一整个夜晚，以酒交换湮埋的历史，想象那些百倍、千倍于我们自身苦难、寂寞逝去的人物，然后踩着夜巷，赶搭最后一班中央线回家。

不搭中央线的日子，有时我骑单车往北去幅员甚大的小金井公园，然后沿着玉川上水一路南行到三鹰，路有点远，但河道气息安静，生态自然，林荫繁茂而清凉，不出多少距离便有小桥婉约其上，日常芳香，岁月静好，真要列举李维史陀所怀想"童真爱情的绿色天堂"，那年我所能想起约莫只在此处，然而，此处，却因太宰的投水，不可返地染上了死亡的气味……

对比镰仓的海，玉川上水没有宽敞的河面，水也极浅，太宰亦是能泳之人，那些午后，我难免会停下来想，那个死如何能够发生？那些死的理由是什么呢？有岛武郎：相对于爱死是如此轻盈？芥川龙之介：一种对未来的模糊的不安？我如此意外临到了整个二十世纪开端，一个接着一个，梦游队伍般死的现场，然而，我并非为此而来——彼时太宰已被我荒废相当时日吧——我来此不正是想以历史的大块血肉来冲刷个人的心灵剧场吗？与青春的迷惑、艺术的感伤主义作一暂别，让文学成为背景，走向现实的历史，看看什么样的心灵在时代里被碾碎，什么样的心灵挺到最后，人之真诚与变貌，社会之吞噬与新生，都不是新鲜事，不过一回合一回合地在发生，我何不把自己丢进时间的洪流，把自己变成小写？那一年，日日与语言磋磨，擦拭史料的霉气，三〇年代席卷亚洲各处的左翼浪潮，众多少年之心御风而行，就连虚无颓废的太宰治亦在其中。

资格考结束，我起了旅行之心，一位外国友人恰巧打电话来听说我要出发去伊豆，便起兴一起去了。

事过境迁几多年，翻开太宰治《东京八景》冒头即是：伊豆南部，除了温泉涌出，别无其他的无聊山村。

往事飕飕翻过，即便回忆再如何稀薄，那是个渔港而不是山村。或者，依傍着山的海边小渔港。

太宰妻子曾写及，太宰是不擅旅行之人，对选旅馆等细节全无办法，对自然亦不关心，风花雪月之类的咏叹更是没有的。

也有可能是我又记错了，但多巧合啊，我们的确去了下田，太宰伊豆下榻之处。

选择伊豆，并非特意联系着什么文学的情思，不过是不想去箱根，便一路行过热海，川端康成的天城与汤岛，尽头似的抵达了下田。

五月问过偶然性与必然性的问题，那时我自然无法二者择一回答她。累积到现在，我的想法是，人生的确是一大堆偶然性构成的，不过，许多偶然性，点滴联系，却可能在一段时间之后对我们揭晓了某些必然性。

想来五月生前，除了《斜阳》《人间失格》，我与她几乎没有读过其他太宰作品，等到我日后有机会通读，几次惊心，不是关于故事，而是某些命运般准确的语言，或如小金井到下田的巧合。类似情况也陆续发生于其他许多我所钟爱的名字之上。我不得不猜疑，到底是我们自己的倾向无形中选择了那些后来终将连成一气的各种偶然，还是各偶然间的确存在嗅觉般的线索，以至于我们循线前去，最终回返似曾相识的风景？或者，什么都没有，那的的确确只是一些四处散布的偶然罢了。

我们两个人在寒风萧瑟、滨海的山崖走着，那可能是个公园，或是通往哪里的步道，满树枯枝，绣球花并不盛开。朋友陆陆续续说着掺杂各种语言、各种国籍的恋情。在她的眼里，我有时像总是长得不够成熟的东方女孩，但又有些时候，她会依靠着身高几乎跟她一样的我，露出西方女孩粉嫩的赌气。

"你难道没有爱情故事可说说的吗？"我的朋友这样问。

川端康成的《伊豆舞娘》，什么爱情故事也没发生，但他的眼泪却落在书包上。我的确没有什么可以说说的。那年底接到树人电话，我很惊讶，原来是母亲牵的线。经过死亡洗礼之后的树人，宛若得了失忆症，截然不同于之前的口吻，只谈工作，不提爱情。至于噩梦主已经退得很远，一些男孩仍写着信，老在深夜打电话来的学长问：你不是 lesbian 吧。我把这些全视为偶然性，甚至不解其中含带的意图。我可叹地仍如五月那样倾向古典而缺少现代性地相信必然性的存在，不过，必然性的寻找不能是赌徒式的；过了这么多年，我忽然想对五月这么说。

伊豆结束，新的一年，树人来了东京。急诊室之后的重逢，他表现得很轻松，宛若什么事都没发生过。那年难得大风雪，在新宿车站，当电车从白茫茫的轨道尽头，热乎乎向我们迎面而来的时候，不知怎地，我记起了《安娜·卡列尼娜》从莫斯科返回彼得堡途中的狂风暴雪，所有应该看见的都被风雪覆盖了。眼前树人气息呼呼冒着热烟，他毕竟掩不住兴奋，这是他第一次经验雪。我们乘车去附近的皇宫，绿地已经完全为白雪所掩埋，只剩下厚重的石墙，行走雪地成为唯一的乐趣，但那实在是艰难的，裤管脚底又湿又冷，树人依旧兴致勃勃拿着相机到处拍照，还要我帮他拍下在雪地里的模样。

夏天来临，我搬离小金井，房租太吃力，迁入成城附近的留学生会馆。虽是补助机构，但其所在成城却比小金井贵气许多，庶民风的巷弄被齐整的林荫道所取代，同样的静谧，成城却仿佛是全无油烟的，住在那些门扉内的文人，也已经从战前的太宰治变成了战后的大江健三郎。我安顿妥当，赴日以来首次回了台湾，老家桌上搁着明信片，乍看以为是一张商家广告单，翻过写字面，赫然发现五月惯用的红色笔，杂乱地挤在广告文案里：在地铁遭抢劫，没有你的电话，住址……

这是什么？抢劫？上次电话之后无消无息的五月这样几个字就没了？然后呢？这明信片寄来多久了？歪歪斜斜的字体给人不好的预感，五月不随便潦草写字的。

手边没带五月的联络方式，就这样不知如何动静的几天，在台北树人住处意外有了电话，我谨慎而稀疏地："喂……"

"嗨！"好大一股元气，简直像有人朝头上拍了一记，"还活着，真好，真好。"

我愣了愣，话筒里声音很响亮，听起来又很远——五月，居然是五月，她能找到这里来？

"你在哪里？"

"巴黎啊，还能哪里。"

"你怎么知道我在这儿？"

"问你妈不就得了。"五月笑得响亮，"幸好我还记得你家电话，要不这下完蛋。"

距离上次，又一年，我搬了两次家，回台湾又出了门，天涯海角，这厝角鸟儿真是怎么样都可以找到我。

"喂，看到我寄给你的明信片没？真是够衰，黑鬼把我的背包抢走了，里头记事本、你的电话、住址什么的都不见了，简直完蛋，谢天谢地，现在总算找到你了……"

五月叽里呱啦说了一堆，我总算搞清楚，谢天谢地，明信片只是不久之前的事。然后，再无剧情可说的我们，停了片刻，几秒钟，涌出一股沉默，庞大得几乎让人没顶。五月很快清清嗓子，换了口气嚷嚷："喂，你到台北去干吗？怎样，要嫁人了没？"

五月想必从母亲那里知道了树人的事，东问西问，口气又急又亢，让人找不到插嘴的机会。挂电话前五月又确认了住址电话，不弄清楚不放心似的，一直以来，五月总笑称彼此是大楼管理员，119通报中心。也只能是如此了，我想，五月有她自己的路，回首只是眷恋，习惯性的担心。我不想再对五月多说什么，有时我甚至想，我表露得愈少，她就愈不会再挂念我，五月，你就去走你的江湖，忘了我吧，别再找我了。

偏偏酷暑八月，书店架上看到五月新书，红色《手记》，热腾腾地烫眼。

前几天的电话，却提都没提这事，莫非连五月自己都不知道书印好上市吗？

等不及买回家，在书店站着看完。一把斧头迎面劈下：你懂了没？懂了没？

虽然不是全不知情，但五月这一步还是使我惊动，没料到五月跨了这样大的一步。

*

亲爱的五月，既然你没看到《地下社会》，我们就来说说吧。我不很确定你会不会喜欢这部片子，也许你会觉得它太严肃了，或者，那不是你最喜欢的库斯杜力卡。

库斯杜力卡的故事经常有的，留着青春元素的男孩，这一回合长大了。两个哥儿们本来很好，好到可以为对方出生入死，不过，他们很快变得不好了，或者，也不能说不好，不过是有东西阻隔于他们之间。那些东西是什么呢？库斯杜力卡这一次放进去的魔粉是政治。政治衍生的侵占、夺取、谎言、虚伪性，开端于偶然、巧合、不得不，结果却愈滚愈大，回不了头，哥儿们一个在地上搞权贵，一个在地下卧薪尝胆，地上时间二十年，地下时间十五年（连时钟都说谎了，这一定会使你发笑吧），终了（容我一句话说到底吧），说谎的人用到尽总也是该死了，被欺骗的人不知谎言地为死去的人哭了一场。

这部片有一连串的阴错阳差，换成别人简直要变成劣作，但库斯杜力卡就能故意拍成闹剧，应该慷慨激昂的口号听起来像陈腔滥调，应该伟大的人物看起来像喜剧演员，应该悲伤以对的，你知道，他一定是用荒谬与奇幻来表达了，就连他喜欢的动物们，同样不缺席地闹了一场，很好笑，库斯杜力卡老要使我们发笑，笑过之后被一种无言（或仅仅只是懒得说出口）的恼怒与忧伤包围。

走出戏院，我想，《地下社会》应该是库斯杜力卡另一个阶段的开始吧，可我又隐约预感，此去，下一个新的审美的高点、成熟点，我们应该会等上很久很久——

你还记得我们一起看的《流浪者之歌》吗？何等欢乐、哀愁、美丽的故事，那些苦中作乐，那些鸡飞狗跳，那些幻术，任谁都能察觉库斯杜力卡练成了，一种材料与技术都上手的状态，接下来，他需要其他无关技术、无可名之、无从预料的什么，来将之冲开、拆解，如他喜爱的魔术，从帽子里抓出一个什么新的库斯杜力卡来，那就是你我在等的吧。

现在，他交出了《地下社会》，库斯杜力卡和安哲[1]一样走向拍史诗的行列了，他们也都为史诗找到了新颖而说服人的形式，但库斯杜力卡相对显露了他的年轻，横在眼前那么一片汪洋河面，他会如何走过去呢？

《流浪者之歌》仿佛是一个青春的高点，他得滑下来，换另一座山来爬，要不就从那个高点，披荆斩棘，开一条新的步道，通向另一群山的核心——

我想说的是，《手记》何尝不能视为一个青春的高点呢？那么多材料、象征、文字的能力，你准备好了，不是吗？接下来，你不是应该从帽子里抓出什么更新的东西来吗？你是一步跨过头了吗？慢慢来，不要一下暴冲到顶，你看，安哲还在拍

---

[1] 即西奥·安哲罗普洛斯（Theodoros Angelopoulos，1935—2012）。

呢，你不是看了他的新片吗？那样老的智慧之眼不会使你心生恋慕吗？

说来说去都是老话，如果活下来就好了。活下来我们一起去看《地下社会》、看《永远的一天》[1]，就连你喜欢的《斜阳》《人间失格》，不也是太宰努力活过几个死之后才能写到那个高度的吗？人家说他有才无德，太宰倒说从未觉得自己有什么文采，而是跌跌撞撞写过来的。是的，我看他的中早期作品实在不能说一路顺畅，其间打动人往往是那些他不屑矫饰也不带谄媚写出来之跌跌撞撞的境遇，唉，什么把稿子装在牛皮纸袋里，取了个名字叫《晚年》，然后要去死了，有些时候，还真觉得这位太宰先生跟你一样孩子气，让人没办法。

之所以提到《东京八景》，不是要跟你重复太宰何以寻死的故事，而是想对你说说他此时的状态。死了四五次以后，该失去的都失去得差不多了，经济上也已经不是贵族之子，租个阳春房间，自己煮饭过活，这时他三十岁，算是很迟地有了依靠写作活下去的严肃念头。带着纸笔到伊豆去写《东京八景》的情景，看来是连女侍也不尊重他了，但他已经能够顶住耻辱与羞愧（就算你要说那是暂时性的，但那对他是多么不容易的事），写出来的作品里，有这样的句子："这回的写作不是当作遗书来写，是为了要活下去而写的。"

1　大陆译为《永恒和一日》（Μια αιωνιότητα και μια μερα，1998）。

*

秋天成城，落叶沙沙，信箱里同时躺着树人与五月的来信。

树人本是个不写信的人，他在勉强自己写信，信上的语言对他来说都太别扭，我读起来也不对劲。还在台北的时候，我们之间什么也没有提，怕一提又落进旧日局面。他比以前更脚底有根地活在现实世界，我内心却依旧浮动不安，与其说想从树人的身边逃离，毋宁是想从以树人为象征的现实生活逃离。我忍不住又说了各式各样的话：志向不同，兴趣不同，别说人生，就连朋友，一点交集都没有。树人叹口气："又不是做生意，面面俱到，算这么清楚做什么？"

这就是树人，他老是讲得那么简单，但每每比我宽容大度。然而，我们之间还回得去吗？有时候，我觉得就连树人也没了往日坚强的信心。有一天晚上，我跟树人谈起格林童话里的汉赛尔与格莱特，一对被父母抛弃在森林里迷路的兄妹，明明是贫穷而残酷的故事，却有那么多美丽的譬喻：鸽子，猫咪，天堂里的小娃娃，玫瑰，魔笛和小鹿，说到那只小鹿，树人打断问我为何要引述这个故事，我词穷了。那似乎也是个有月光的晚上，可是，那些来时路上撒来做记号的面包屑已被鸟兽衔走，我与树人恐怕是找不到路径回去了。

五月的信，有的看起来很惬意，继续雄心壮志，有的看起来很糟。几封信字迹是潦草的，我心底的警报系统开始亮红灯，可是，自活动中心以来，这桩恋情她似乎不想说得太多，我也不多问。她写信，我回信，仿佛积压了几年，各自存在心底的领悟与咏叹，急着在那小小的信纸，细细密密显露出来。"你来看我，或是我去看你吧？"有一封信，她这样写，"我们应该见见面。"

我迟疑了。看过《手记》，虽然比以前更理解她，但也因此更谨慎了。我没答应，五月没再来信，我想，我们又各自后退了一步。

那一年的冬天，为什么又回了台北呢？和五月事先约好？还是纯属偶然？记不得了，大抵是我不去巴黎，五月也别来东京，台北见吧。她恰巧送情人回台北？还是我回台北参加学术研讨会？或是一个恰好的圣诞假期？记不得，记不得了，唯一线索只是某个在台北旅馆醒来的早晨，一切事情像是办完了，我打了个电话到五月老家，她母亲客客气气说："上台北去了，不过她交代你一定要打去找她喔。"

换个号码，再拨一次，来接听的女孩应是五月情人，我报了名字说要找五月。

不一会传来五月声音，我因其虚弱细微感到意外，讲了几句，她恢复活力："你在哪？我去看你。"

那口气很自然，好像我们这几年根本没断过音讯似的。我脑中闪过太多念头，还来不及开口，五月抢话："你什么也不用说，只要告诉我你在哪里？"

"放心，我现在又病又弱，没本事把你吃掉。"她又说。

你来看我，或是我去看你吧？这个句子在脑海里响闹，她那灵敏激烈的心，碰到棉花也会受伤，我们该见面吗？她状况不好，但我能使之转好抑或更坏呢？公共电话里的硬币掉下去，发出刺耳的哔声。

"喂！"五月大喊，"你赶快再给我丢硬币进去，电话断了我气你一辈子。"

"我告诉你，我们这几年哪来什么机会碰得到，现在好不容易你在台北我也在台北，不碰个面，谁知道下次见面又是怎样了，笨蛋，你连这个道理都还没搞懂吗？"

"快点告诉我你在哪里，我胃痛得要命，不要这样折腾我。"五月几乎发怒起来，"听着，我说我不会对你怎样，就是不会对你怎样，喂，你听到没！"

那是活动中心道别以来的初见面。五月利落跳下计程车，门一摔，大步走来。那模样变了，成熟了，但有病容。迎面五月先发出了笑声，取笑我住在这么蠢的旅馆里："谁叫你闹分手，现在又无处投靠了吧。"

电话里的尴尬一下子化解了，彼此很有默契地回到一种从容模式，变得孩子气起来，我忽然感觉到饿，整个早上没吃任何东西，五月便说，走，我们快去吃，一副她也很饿的神态。两人在旅馆附近找到路边一家馄饨店，摆在骑楼下几张油腻方桌、塑胶椅。没想过重逢是这样狼狈的，星期天过了下午两点钟，餐厅大多休息了。

吃完一碗，我说："好好吃。"

五月坐在一旁微笑，她胃痛，根本就不能吃。

"要不要再吃一碗？"

"好。"

吃完了，两人没商量也没问，站起来，沿着骑楼一直走，一直走，不知绕过几个街角，脚酸了，找间合适的咖啡馆休息一会，然后离开，又继续走，从过午走到晚上，又从晚上走到深夜。

一路上，到底在谈些什么？有那么多讲不完的话？没有一丝陌生吗？关于那段路上的谈话细节，多年之后彻底从我的脑海里消失了，甚至连两人一起走在马路上的形影也是模糊的，仿佛这件事是杜撰出来而不曾真正发生过的。

清楚留下来的画面唯有在台大后边的辛亥路上，暗夜星光，我说："你回去吧，我自己搭车回旅馆。"

五月摇头。

那就再走。

一条街又一条街，一个红绿灯又一个红绿灯，五月没说出来，但就是不肯让我自己回旅馆。

最后终究走回去。两个人都很累，大半天的长路。五月打量房间，翻翻地上的行李箱。

"你回去吧。"我又说。

"好。"五月说,"等你睡着我就回去。"

这般问答,接下来又重复了好几次。

说不过她,我去换洗,准备就寝,进进出出五月坐在窗边椅子里,掏出一本书来看。

我们没再说什么。夜很静,时间很短,经历起伏却这么多。过去的时间已经改变了我们,变成一个对方不怎么认识的人,而未来我们也将改变得更多,但这可能都是好的,我们应该学会依恃不同的东西长大,而不要只是继续依恃对方……

这只是旅途中的靠岸,过几天,我们即将回返各自的航线。难以预料五月此去将是如何,她总说得模糊,时好时坏,尽管重逢,却没有任何约定,要有,也只是别来送行,各上各的飞机吧……

这样的夜,亲爱的五月,我们该想起什么呢?

我已经为你提了太多太宰治。那么,库斯杜力卡吧。

Do You Remember Dolly Bell?

一个少年模糊地爱上一个叫作 Dolly Bell 的女人,一个属于成人世界的女人。库斯杜力卡很早的作品,那种多数创作者都有过,凝视青春纯爱与伤痕的,所谓处女作。

他爱用的超能力,原来早在这里就有了源头。催眠胜过政治?库式风格的笑话,但少年却是认真的,一心一意,相信催眠术可以让人愈来愈坚强,愈来愈优秀,就连社会的未来与爱的未来也将随之充满希望……

当他不能保护 Dolly Bell 免于理所当然、粗暴不堪的伤害，他的心被大雨淋碎；当他终于练成了催眠术，可以使一只兔子沉沉睡去，却无法留住 Dolly Bell。

后来，他卖掉了兔子，找到了 Dolly Bell，可，他能要回什么呢？

暴力与现实一直都在，我们只能继续长大。远行的车子要出发了，回望我与五月的过去，政治不是最突出的，后现代还没有来，我们的眼神仿佛少年，虽然内心某些部分已经破碎，但总还想继续唱："每天，在各个方面，生活会一点一滴地好起来……"

辗转反侧，早晨的阳光从窗帘透进来，那个阳光让人想起景美，一起度过的学生岁月，五月从椅子上站起来，说："我要走了。"

春暖花开

从明天起,做一个幸福的人
喂马,劈柴,周游世界
从明天起,关心粮食和蔬菜
我有一所房子,面朝大海,春暖花开
从明天起,和每一个亲人通信
告诉他们我的幸福
那幸福的闪电告诉我的
我将告诉每一个人
给每一条河每一座山取一个温暖的名字
陌生人,我也为你祝福
愿你有一个灿烂的前程
愿你有情人终成眷属
愿你在尘世获得幸福
我只愿面朝大海,春暖花开

世纪之交,读到诗人海子最后一首诗:《面朝大海,春暖花开》。

朴素的字词,明亮温暖的意象,可不知为何,有一种说不出来的绝望与陌生流泻其中。美丽的愿望,却无关于己,说得像孩子那样直率,任性祈求,纯洁的心愿。

祝福,之于我,那是不可能了,但我仍旧祝福你,你们。

之所以抄写这首诗,是因为我总念及,五月在书后满怀敬意译写的诗句:

将我遗忘在海边吧。

我祝福您幸福健康。

两者都一样,死前的清明,良美无瑕的心象。都是一个挥别的手势,转回头最后一眼,温柔,和解,万事万物皆有了名字。

海子于1989年3月26日卧轨自杀的时候,二十五岁,在这之前约有七年文学创作。1988年,五月开始登第一篇小说,1995年离开这个世界,一样七年创作,刚满二十六岁的年纪。

海子的朋友西川这样形容他:"小个子,圆脸,大眼睛,完全是个孩子。"

另一位朋友骆一禾如此评述海子:"单纯,敏锐,富有创造性；同时急躁，易于受到伤害。"

那些年，难免读了一些死亡之书，它们总是极其温暖又极其哀伤的。必然性？那些书里有太多必然性了。艺术之路的巧合，年轻之心的巧合，共同揭示了那么多自死的灵魂。他们一方面聪敏动人，不可一世，另方面却又偏执行苦，或如张爱玲语：显露惊人的愚笨；现实的窘迫、孤独与癫狂，亦步亦趋陪伴他们，年轻的血肉身躯燃烧，再燃烧，火光寂灭之处，不见幸福余地。物伤其类，同情的理解，五月逝后，自杀这件事经常暗中敲叩我的心门，对我开启某些秘径，松开几组密码，使我听闻自杀，那肉身心灵的折磨便如倒影在心上作弄波浪，我有时回避，听都不想听，但也有时鼓起勇气，仿佛为五月找一些朋友，也为自己理解五月找一点外援。见证何其沉重，我到底见证了什么，不弄清楚，简直时时有灭顶的恐惧。

春暖花开的季节，东京再见五月。
比起一个多月前，她显得更瘦，但又有股精练之气，记忆里那个有着孩子外形的五月退得愈来愈远，她身上开始有一种磨蚀过后的沧桑，就连脸上的皮肤也显得暗沉，我猜得出来她用药了，形坏体衰，但谈起法国与老师，她所关爱的人与事，眼中依旧放出神采光芒。
从台北回来没多久，收到五月字迹混乱的信，读起来糟透了；我愈来愈面临到五月的危机。连着几封纯净得宛若遗言的信，除了别人的伤害，她重提我之于她在什么位置，什么意义，甚至说出了她对我的需要；这类语言，在过去，在我们之间，是被禁绝的，现在，她宛若自言自语，歌咏吟唱，吐露出来，那已经不像真正向我需求什么，而是一种眷恋，一种回首。

这使我感到恐怖，回光返照的绝美。我看过她很多低潮，但这次分外紧张，我在面对一个死神相随的人，用她自己恐怖至极的说法：死神就睡在我的枕头边。

除非我可以听不懂她的语言，继续把她的自杀当成随口说说；除非我可以无动于衷，燃尽锈坏的是她自己，与我无关，我无能为力。

两者都做不到，又如何呢？自以为伸出手去便能拯救她如捞起溺水之人？对她说出情感言语便能使她死里回生？

这些想法都太天真了。经历之前与五月的断绝，我已深知关于五月这个地带，得想清楚才行，就算这回合我想救她也是一样；有些事情可以边走边看，边发展边想办法，但五月不是可以接受这种糊涂蒙昧的人，她对情感何等灵锐，这是她吸引人的地方，也是她致命的弱点。任何打马虎眼、装模作样，值此敏感之际，都可能擦枪走火，使她臣服于死的意念。

仿佛又回到大学毕业前的逼仄，我再度感到四面高墙。还能再打一次马虎眼？还会有一次侥幸吗？我不得不想起树人的悲剧，死亡的威胁依旧令我愤怒，但我不能置之不理。我不想任何人再因我的逃避而受伤，即便我知道这阶段给五月生命打上死结的关键并不在我。

　　我绞尽脑汁能做点什么留住她。倘若我们都还在台湾，多少有点办法，但今千里阻绝，能做什么？在这之前，我的表达总是简单，友谊控制在基础维他命的剂量，既无法付出更多，就无理由期待两人关系有何不同，甚至我们之间只能减少，而不能增多。我们之间已经如此对待很久，然而，此刻，还能这样下去吗？生命危急时刻，可以这样漠然坐视对方吗？

　　理解，同感于另一个人的灵魂，不忍心使之受伤害，想如善待自己一样去善待对方，这是否只限定于身心互属、情感占有的两性之爱？后来我读柳美里披露于《命》，与东由加多的情感联系：一种并非情人也并非亲人的依赖与信任，一点都不觉得难以理解，而是一件自然的事。我无论如何不能无感于五月的受苦，那其中有太多我们的同质性、我们的历史，尽管这共感并没有投射成彼此适合的爱情，但我能在这时刻别开头去当一个彻底的陌生人吗？有没有爱情故事可说，归根究底还是与人有关，而非只是与性别有关，如果同性无爱，异性也未必有爱，那时我渐渐清楚了，爱不爱，归根究底只是等待对象的独特性。可是，五月怎么想呢？她应该会说我的心灵蒙蔽在噩梦主的阴影之中，将情感寄托于不可实现的乌托邦，但在她自己那个铜墙铁壁的内心深处，到底以什么诠释结束了上个阶段，恐怕是再也不会被说出来了吧。看完《手记》，我心痛于五月对性别焦虑如此之深，远远超乎我所知道的程度。这样的五月，脆弱时刻，说要到东京来，我该怎么办呢？

樱花季节，花飞漫天，死亡黑影相随，该如何抵抗才能不使之成真？我们之间，一对和解的朋友，彼此已经知道在对方心中的分量，也都明白情感必须是一件诚实而强韧的事，不管那以什么定义，即便是朋友，也不是随便说说而已。

那个春天，我无论如何只希望五月能活下去，至于她要变成怎么样的人，都无所谓。过往的磨合，以及直到此刻也依旧存在的不完美，情感的残缺，都不可能自然愈合，但我们已经决定要绕过那些，撞到死墙就拐弯走过去，把疼痛吞下去，因为那就是限制，限制而已，不要误以为是对方故意折磨自己。

东京成城，生活一点一滴，我们之间，很多没变，又有一丝陌生。"你看我们就像两个好孩子，自由地散步于悲伤的天堂。"有一晚，五月念了这样的句子，来自她的老师西苏，我脑中对应回响起《人间失格》的尾声："我们所认识的小叶，非常老实，而且聪明机灵，只要不喝酒，不，即使喝酒……也是像神一样的好孩子。"

是的，好孩子，在东京的五月就像个好孩子，可她受了很重的伤，肉体和灵魂都生病了，除了不忍，简直令人有点生气，她怎么能够把自己搞成这样？再怎么以自己的心灵为食物，也不能吞噬到此地步。我与五月在文学馆里徘徊，那一连串梦游的死亡队伍，是已经从眼前走过去了呢？抑或仍在行进之中？当五月俯身端详太宰之际，我知道她心里在想什么，但我也有一股冲动，想用力摇晃她的肩膀吵醒她：那是不同的，每一个死都是不同的，没有哪一个死需要投射，没有哪一个死可以献祭……

她能明白我的意思吗？就算她清醒之后要当我是俗物也没有关系，我想说，五月，就算我们再怎么理解那种痛苦，也不是为了要把自己投掷进去。她会让我讲完吗？如果她愿意跟我争辩那也是好的，可她会不会对我微笑（多可怕的微笑）？她会不会说：我都知道了。然后，我依然阻止不了，心之意象继续增生繁殖，梦游者的行进，文学，这甜毒的蜜，生与死的协商，一百年了，发狂的人依旧俯身朝向那想要自杀的人低声道：你和我都是被世纪末的恶魔缠身的人呀……

五月离开之后，一整个夏天与秋天，到处晃荡的季节，我去了几次三鹰和小金井，沿着河边步道，林荫依旧，物是人非，童真爱情的绿色天堂如今显得荒芜而忧伤，那些太宰住过的房子，买过酒的店家，埋葬的地方，即将在下世纪成为新的观光景点……

太宰死于6月，五月最终也是死于6月，透明夏季来临之前的郁滞时节……

天色向晚，春寒料峭，我们疾疾走过公园，穿得单薄的我打起哆嗦，五月执起我手，放在掌心搓揉想帮我取暖，我不惯与人这样亲昵而抽回了手，瞬间闪过一念：错了。

五月脸上浮出受伤的神情，她想对我生气，那生气是久远的，又是无奈的。回程电车上，彼此亲善而压抑着属于自己的伤口。重逢毕竟是不容易的，总是充满了过去的遗迹；分离前夕，我们甚且吵了一架。

我先因工作外出后又因巧遇朋友，回来时间比预定迟了很多。打开门，五月像一株枯萎的花，那时她总显得非常脆弱，只要片刻离开，心魔就来威胁她。她累了，一股伤怨缓不住地爆发出来，责问我怎么可能她就要离开还舍得不回来。

我不是不明白，但总也有做不到的时候。或者，我的的确确错了，如果我知道那就是我们最后的时间。彼时走到那里，我已有了点信心，她行的，她会走过危机，我不以为死亡带得走她。我解释得太冷静，太自我中心，虽然我知道只需要简单的安抚、言语温柔，偏偏我没做到。我可能也因为有了信心而对她提了些要求，不能这样不能那样，了无新意，拉着人要活下去的言语。或是，我多少责备了她的任性，讲了黑暗的话：自己老说活不下去，别人能怎么办呢？哪个生命没想过死，哪个生命不是想尽办法活着的。

"你哪有不要这个生命，你要得很呢！"五月故意含着讥讽，仿佛要激怒我似的。

我被她划分出去，顾城写过：准备死的人是饥饿的，他看着那些活着的人都有些奇怪。五月这话是什么意思？我要活在这一头劝她，还是靠向死亡那一边？到底什么样的语言才能抵达呢？活着又如何？你不要吗？你不是比我更能活吗？难不成你要学那些人说你活够了？

脑中渐乱，死亡如电，冬天里的毛衣，自己被自己触得噼里啪啦响。

偏巧不巧，电话在那时响了，竟然是噩梦主。

那自然不是一通愉快的电话，我也完全地受伤了。

第二回合。我已无法正常运转，痼疾发作，即便五月送来关心也被我拒绝在外。然后，就像以前一样，我的拒绝使她受伤，使她发怒。

"如果你不能适应这个世界，"五月喊，"你就一脚把它踢翻过来啊！"

"那是你的方式；"我默然整理方才哪刻掷碎的玻璃杯，"我有我的方式。"

尽管没有那样的意思，但我说出这样的话，是回应了她之前的讥讽，划清界限，伤害太大。

那一晚是我们现实故事的尾音，如果可以有一点侥幸，电话不在那个时候打来而是另外任何时候，都不至于牵连五月跌落我的情绪深谷。那深谷里本该一个人都没有，我不想倾吐，也不要安慰，这之于五月正是不堪忍受的绝情。

接下来的争执到底说了什么，完全没有记忆，就连泼开来吵的题目是什么也没有印象，大约就是各自为自己控诉吧。我们原本就各有各的问题，因为自己不能完整而悲哀，在宽容自己的人面前，悲哀任性地转成了愤怒。对谁愤怒？根本不是对对方愤怒，但我们就是喊叫起来了。

没道理吵成那样子的，我们根本不是因为对方，也不是因为此时此刻而吵，然而，好不容易堆砌起来的堤防毕竟溃堤了，长久由无数情绪石砾所积累而成的枯山，大雨冲刷，滚滚石流，淹没了我们。五月开始呕吐，哭泣，她那满脸乱七八糟、完全放任自己失控的模样，如同她在电话里对着我嚎哭的声音，压垮我当下脆弱的心防。

我不知道怎么安慰她，那时候，我像一台坏掉的机器，什么功能都没办法再运转了。

暂停。请稍候。重新开机。如此就好。伤害已经够多，不要再彼此吞噬。

我打开房门，暂时离开五月。外头天还是黑的，我在街上乱走一气，好不容易找到一个二十四小时连锁店，把自己丢进去。

灯光，音乐，服务生。请给我水。等待黎明，街道现出轮廓，枝头小鸟快乐啄食，清洁人员开始扫街，然后有了一些早起上班走路的人，服务生殷勤问我要不要续杯咖啡，日日重来，清洁的空气，为什么我们不能过得好一点呢？

我很受挫，觉悟到要照顾一个心灵脆弱的人，我得极端稳定。五月说要到东京来,我以为自己能做到,相信性别不会阻扰我们,看来若非我高估了自己,就是低估了五月,到底是同性爱恋真正无法超克,还是因为五月现在太脆弱,一根羽毛都可能使之受伤?

很多年后,在阅读心理学书籍求援的阶段里,我看到这样的一段话:不管多么深爱自杀的人,到死亡那一刻,最持久的关系也常已磨损,枯竭,或完全断绝。

磨损,枯竭,完全断绝。看看这些丑陋的字。我对自己懊恼不已。疲惫如浪袭来。

天光大亮,一天正式展开,我振作精神,走回来时路。

打开房门,我预估看到的是一个累到睡着的五月,要不就是又恢复没事伏在桌上看书写日记的五月,我想我们应该还能朝对方挤出一个微笑,我以为我们会言归于好,彼此修复,就算她不要我送她去机场,起码我们可以好好告别。

然而,打开门,没有人,阳光从窗帘穿射进来,映照出空气里尘埃细细翻飞,仿佛那是唯一的动静。床铺被褥折叠整齐,地上的呕吐物也清干净了,我的房间回复平常模样,但那收序是五月的风格,那片刻,我竟然想起最早她景美房间的模样,物与物的秩序。

她离开了。这是什么时候、什么地方,五月竟然还能像以前一样,说走就走。我捶胸顿足,不该这样放下她的,她的状况那么糟。

那种没有手机的年代，五月离开就是离开了，一点联络上她的办法都没有。

我担心她不知如何摸索交通到机场，毕竟人生地不熟，急急打了电话到航空公司去询问，确认她改了班次，上了飞机，然后，只能陷入等待，自我懊恼地等着五月飞行，降落；等她搭车，拖行李回家；然后，总算通上电话："嗨，我到了。"五月声音调回熟悉频道，仿佛什么都没发生，我们对话又恢复亲善温柔，什么指责也没有，什么错都可以原谅。

但那毕竟是我最后见到的五月。春暖花开。何苦这样作别。

在那之后的事情，宛若琴音拉到高处断了弦，再也无法清楚拼凑，我也不想追究还原。所有灾难都是瞬间的，爆炸，强光，在捂住眼的同时丧失了所有记忆，更改了未来。每走到那里，我就好像独自站在一个曝光过度，让人睁不开眼的地方，是阳光灿烂（阳光怎么会是白色的呢）？还是灾后废墟（废墟该是黑色吧）？更多时候，我联想到医院死与白的长廊，纵深拉得很远很远，往尽头愈收愈窄，终至聚成一点；在那里，什么都被收拢，吸纳，不可见了；五月也许就隐身在翻过去的那一头，在那里头将有更多我至今不能说明的事物与记忆，我走近一步，那个点就退远一步，除非我奔跑起来，赶在那个洞口关闭之前，将自己投掷进去。

那一天

海子的朋友西川这样说过:"我一直假设海子卧轨自杀那天,他往山海关走,如果碰见个熟人,可能就去饭馆吃饭了。"

心理卫生的书上说,自杀者亲友对这件事总是试图否认,甚至说那不是自杀,一定是发生什么其他的事情了。

巴黎与东京的时差是八个小时,回到巴黎的五月经常在晚上打电话给我,东京的下午或黄昏,分别前的争吵像没发生过,我们又回到爱护的状态,控诉与告解已经结束,不再严厉谈论伤害与死亡,转而无轻无重分享着一些生活里正面的讯息。是的,正面,五月那时候像株趋光植物,努力复原自己,重新留意身边的人事关系,从客观事务尝试重建自己的秩序,而且,她开始写了,把这些经过都写下来,然后,翻过去,变换另一个自己。

我对她有信心。虽然五月总不甘心于命运的桎梏而总想要死,但相对地,她的韧度也一直很够,顾城对死写过几个字:

"我不能够死，我很珍惜我的死，它像颜料一样美丽，应该要画一张画。"五月也给我类似感觉，他们绝非轻易舍得可死。当时五月知识与情感正发展到最灵敏与成熟的阶段，如果透过写，梳理了内心的纠结，原谅了伤害，她是有可能打破桎梏，穿跨到下一个阶段的，她不就是这样一路做过来的吗？她有野心，她知道自己可以做什么，做到什么程度。获取生命的才能，奔放如扑火之飞蛾。只是，现在，她得先爬起来才行。

不可否认，时好时坏。有时她写来极美的信：早春巴黎，塞纳河畔到处抽着绿芽，一片生机勃勃，雀跃的美。有时又跌宕反复："我的五脏六腑全都在呕吐，要把全部爱的经验都呕吐出来，语言文字是一个向上超越的可能性，但不是全部，全部的体验是一个大呕吐。我得把这些全都呕吐出来才行。"温柔很快被悲哀用尽，阴影总是很快覆盖了明朗，但我信心不灭，我相信我们之间的承诺，写，然后，活。五月向来总会比我早一步踢翻这个世界，尽管这一回合如此险峻。

屋漏偏逢连夜雨，兔子死了，情人留给她的纪念物。

接下来的剧情便乱掉了。五月语言愈来愈不稳定，有时候极好，有时候布满眼泪与嚎叫，整个人仿佛被怨恨塞满，身体也显然历经摧残而病痛了，所有梦游队伍曾经写过关于生之困境、精神折磨的情景，仿佛都在耳畔重现，我担心，走到这一步,是不是也要如芥川所说:无论怎么样的战斗,都是肉体上所不可能的了。她终究要朝着那个命运走去吗?啊,我不禁感到丧气了,如何在死的满空黑影之中说出任何有效的言语呢?认识五月这些年,我真正能拉回她多少呢?为什么有时候她在身边我明明感到她生之力量如此充沛,而我放开手就只能看着她一步一步朝那个命运走去呢?最后的五月,说着极陌生的言辞,宽恕与怨恨交织,虚弱与恐惧合唱,我开始疑心她话的真假,担心她被幻觉与幻听带走。

芥川龙之介,《某傻子的一生》,最后一节,《败北》:

他执笔的手开始颤抖了,甚至连口水也流了出来。除了服用0.8公克的veronal(催眠镇静剂)之后的苏醒,其余时间他的脑袋不曾是清醒的,且那清醒也不过半小时或一小时而已。他只是在黯淡之中度着日子,仿佛拿着一把锋刃已经磨损的细剑作为手杖罢了。

即便如此,我仍然无法同意《遗书》的写作是为了接下来自杀而作的留言,一个早已笃定的计划,甚至是一场凄厉的死亡表演。相反地,我认为《遗书》充满了求生的努力,对死亡的爬梳何尝不是为了克服死亡。写成了,是要走过这个关卡,而非写完了即可赴死。尽管后来的发展看起来像后者,但那实在是另一桩现实意外的结果。这样的坚持,听起来也许像心理学书上说的:否认、拒绝接受五月的死亡,转而寻找代罪羔羊;但我至多只能接受以下的说法:《遗书》写作时间的确是危险期,在此脆弱当口,一点风吹草动,都足以点燃死亡的火种,绝壁攀爬,一念之间,从制高点坠落,《遗书》真正平面成了遗书。

记忆刷白,那前后到底发生了什么,除了少数几个点,我是真的想不起来了。

那最后的一天?两天?五月给我打了几通电话?很多?或是仅仅只有最后那一通?无论如何,留在记忆里的只有最后一通了。

那是一个已经失序的五月。时而柔和,时而暴怒接近诅咒,然后,一些交代,但我记得那些话都还是以如果开头的。她的语气中有很多很多的暴力,像是消化不了而被席卷着走,她告诉我就要去死,不给我空间地讲了许多话,然后说,就这样了。

她挂断。我拨过去。她接起来,语气虚弱,平平常常地回答:不要再说了。

我意识到她要挂电话,等等,我喊她,我得想办法,阻止她。

等等——

电话断了。

一种恐怖感瞬间使我汗毛直竖。这是什么意思？五月现在要做什么？她身边有人吗？老天，告诉我，这是真是假？我要怎么判断？

回拨电话，没有人接。恐惧撒下漫天大网，我动弹不得。没有勇气再拨电话，我必须承认，拜托，五月，换你拨电话给我吧，我怕了。

东京夜半，台湾也晚了。我困在小房间里，走来走去不知如何是好。不认识任何她在法国的朋友，手边只有她老家电话，又抓不出轻重是否该拨电话把两个老人叫醒，叫醒该怎么说呢？我想必还抱着微薄的侥幸之心，一会儿想，不会，五月不会死的，她只是说如果；一会儿心里又警报大作，如果五月这回来真的怎么办？怎么办？我很急，简直像从地球轨道上被抛掷出去，前后左右，找不到着力点降落，我和五月距离如此遥远，但她声音又在耳畔，我要怎么穿过其间这些距离？距离？距离？时间一分一秒经过，我拿不定主意，束手无策，一分一秒都是惊险，无法停下念头不去揣测死亡的脚步，这一秒，五月在做什么？她发生什么事？这些疑问，终我一生都不可能得到解答了。

折腾半夜。东京清晨，巴黎中午？我不确定，全不确定。

电话响起来，我感到恐怖，孤注一掷地赌，这种时间的电话，如果，如果不是出现五月的声音……

一个不认识的声音，我的心沉下去——

对方断断续续说明，如何弄到我的电话，以及为什么要通知我；我沉默听着，对方接下来讲的内容是非日常的，我该惊讶大喊：什么？你说什么？开玩笑！够了没！你们真是太过分了……

我该大喊大叫的，但是，我的心，抓不住，摸不着，唯一可辨识的念头是：真、的、发、生、了。

没有失控，没有任何情绪，打断她：我知道了。

过去几个小时，我该猛按警铃，我该像个疯子打电话，任何可以超越那个距离的动作，就算它一点意义都没有，可笑我连这个都不确定，我还抱着可怜的侥幸之心，我做了什么？

青春最爱的冒险，这盘赌上了五月的命。我输得彻底，错得彻底。我有不输的机会吗？莫非在她挂我电话之后就把刀尖刺进自己的心？五月，这太残忍了。

心或情绪，平静莫测，风浪未兴，我不明白自己。

过了很久，我让自己站起来，把电话放回原位，把自己放进原来的时间，换衣服，装提袋，打开门，走出去，等公车，换电车。轮轴滑过枕木，离开月台，加速，奔驰，风刷过窗际，往事一幕幕浮生而疯狂地倒退，五月去了哪里？我能抵达哪里？这世界运转一如往常，我也做着一如往常的事，车厢人群密贴，恐怖感转成了麻木，如果我不说，没有人知道这个世界被戳破了一个洞，这个世界很快就要像气球一样消失了……我急急下了车，急急进了教室，顶着一颗烧灼的脑袋呆呆地坐在老位置上，同学说话的声音好远，熟悉中国当代艺术的先生走进来，发了资料，然后，他的声音飘起来："在进入七〇年代的绘画之前，我想先跟各位岔题谈一下文学，尤其是诗，今天我打算以顾城来谈，嗯，不知各位是否知道顾城在纽西兰[1]的事情……"

啊，好像有一个细胞活跳跳地瞬间醒了过来，这是开玩笑吗？可以这么巧在这个时候有人要提起顾城？我简直是生气了，顾城，这两个字我为什么忽然听懂，一听懂整个痛苦就波涛汹涌起来，为什么非岔题顾城不可？为什么这些残忍的事总不终止？

1995年
7月3日

一夜暴雨，五月走后一星期了。

经历到自己身心里一些很奇异的变化，似乎整个人莫名地在被推着往生与遗忘的方向走。关于五月，渐渐有种奇异的阻

---

1 纽西兰：即新西兰。

力，阻止我不再揣想巴黎可能的场景，取而代之浮上来的尽是往日回忆与一些五月说过的言语。此刻她的躯体仍然孤独躺在巴黎我所不知道的地方，她的姊姊与双亲，应该已经抵达了吧。

星期四，在楼下大厅遇见法国朋友法夏尔，他依旧送给我一个微笑，我停下脚步，因为想到了巴黎。

"日安。最近好吗？"他说。

我挤出一丝微笑。

"怎么了？你看起来如此憔悴。"他友善地摸了摸我的头发，我看着他，满脑子巴黎，五月孤独躺在那里。

"你来自巴黎，是吧？"我开口说。

"对啊，你去过巴黎吗？"

我摇摇头，吞吞吐吐："可是，现在我很想去……"

"真的吗？什么时候？"他兴奋起来，"我明天就要回巴黎呢。"

我望着他，不能相信机运在这个关节眼上跟我开玩笑，眼前这个人明天就能置身巴黎？而我却在这儿一分一秒动弹不得……

"怎么了？"见我眼眶转红，他很诧异，"发生什么事吗？"

巴黎这个词在这时刻使我软弱，我忍不住想说出来，告诉任何一个人，任何一个都好，我的朋友在巴黎自杀了……

"Don't cry, my poor girl..."法夏尔已经慌张得说不出日文，

像熟朋友那般拥抱我。

"我没办法去巴黎,没有签证,没办法马上就去……"我一边哭一边凌乱说出实情:我想去巴黎看自杀的朋友,偏偏巴黎这么远,这么难,我没有办法……法夏尔迷惑看着我,我想他已经不知道我在说什么,只是吃惊地看着一个向来没有热络反应的女孩在他眼前哭泣。

"不要哭了,总有办法可以想的。"他帮我抹去眼泪,问道,"你学什么的?"

"历史。"我不知道他为什么这样问。

"那还好。来,我给你一个住址,你来巴黎的时候,如果真找不到工作就来找我,我会想办法帮你的。"他说得很正经,"要不,你就先去看他,住一阵子就好,旅游名义的话随时可以去的……"

我几乎要破涕为笑,原来他没听懂我的日文,也难怪,自杀是个多冷僻的字眼,是可以随便跟人说的吗?法夏尔听成我是因为思念巴黎朋友又弄不到资格居留才哭泣,这使我又哭又笑,像已经哭过了所以应该破涕为笑,我说谢谢,礼貌问他:"回去度夏天吗?"

"不,我就不回来了。"

"你要归国了?"

"是啊,我正忙着跟朋友道别呢。来,这是我的联络方式。"他从口袋里掏出卡片,再给我一个拥抱,"见到你真好。真的,没事的。我很喜欢你呢。到巴黎一定要来找我。"

7月20日

昨天夜里,南城下起大雨。风雨飘摇,昏天暗地,再读《傅柯[1]的生死爱欲》,心里还是很激动。读到傅柯说自杀是最终的想象方式,"杀人的命令和杀人的禁令,强迫自己杀人和被处死,自愿牺牲和命定的惩罚,记忆和遗忘……"忍不住伏案哭泣起来。

"把死的愿望变成压倒一切且不可言状的爱的情感。"似乎我们活在空想里,并以幻觉系住了事物的道德秩序,真正执着且忠实于体验的人,五月,果真像我们从艺术史里嗅来的直觉,在可怕的事故,在极限的体验,在虚空的黑洞中完成了自己。

傅柯的守护神,在在牵动所有活动的根本命题:"我如何变成现在这个我,我何苦要为现在这个我而受苦受难?"

8月4日

阿粮说:"你的现实感发生了问题。"

"什么是现实感呢?"我问。

"正确地理解实在的现象,并适当地做出回应的能力。"

---

[1] 大陆译为米歇尔·福柯(Michel Foucault,1926—1984)。

正确地理解，适当地回应。

"松开你的手吧。"阿粮扳开我紧握胸前的双手，"眼前你先要学着放松。"

放松。把力量从肩上放开；我想着日文的表现法：从肩上放开，放开。

对话进行在一辆夜行快车上，那时，我们刚自五月丧礼归来。这两天，他当真给我寄了一卷他在医院里使用的录音带，来帮助我学习所谓的肌肉放松。他附上了这样的一封信："这可能和你过去习惯的思想药方很不一样，它应该算是行动疗法吧。虽然教导人快乐无忧地生活，听起来有那么一丝妥协的味道，但你不妨试试，也许可以帮助你暂时纾解压力的身心。思想的死结仍需靠思想来打通，但爱护自己的健康是另一回事，二者原先有相互矛盾之处吗？"

8月16日

"我的神经症保护了我，并透过写作给了我幸福。"我不知道沙特[1]写这句子的时候是否难过，我读这句子是难过的。如果说有什么感动，那是来自于一种理解；我经常怀疑是不是因为这样的一种理解，我们才沉迷于阅读与思索，追求一种自知、自我形象，然后停滞、挖掘、困苦。

1　大陆译为让-保罗·萨特（Jean-Paul Sartre，1905—1980）。

走路，心中无限孤寂，我不知道怎样才能中止心灵无止无尽感觉到孤独，我不知道一个人的心灵能够负载这样敏锐的感受到什么地步，我不知道真相究竟是我坚持沉溺在此，还是我的确怀着勇气才不愿让心灵死去。

8月22日

结束了过去一个多月的忙碌，由南港回台北的车上，因为松懈，走走停停的红绿灯里，清清楚楚想起五月。

中途下车，走进戏院看一部叫作《神父》的电影，黑暗中年轻俊美的神父跪在坛前哭喊：主啊，能使疾病消失、能使人复活的你，怎么可能明白世间真有绝望？

9月2日

树人来了机场，僵着笑站在那里，一句话也说不出口，我们连下次什么时候见面都没有问。再怎么彼此生疏，却依旧明白他的眼神，那其中有一点恨，已经不像以前那样明白恨的是我，但他恨了其他更使我难过。

9月14日

东京，细雨。阴蓝色的忧郁。想念五月，想念过去我以为她不可能真死的日子，多么奢侈，那些活生生的日子，那些活生生的形影相貌。余生，美好的世景，而我们绝不可能再见。

这是绝望吧，绝望的真相，不必选择，不必盼望，永不来临。死别，而非生离。对着希望的根源沉默以对，表示拒绝，那毕竟只是一种意志的绝望；面对希望的空无（或根本不存在着希望这个词汇的起源），没有任何作为会起意义，那真正是彻底的绝望，如何反抗，如何思辨都无效了……

9月16日

　　黎明，初次梦见五月，没事一样地微笑说话，但我抱着头，蹲在角落里，我看到围绕她身上一圈说不出颜色的光，我说不出口，我不能说：五月，你知道你死了吗？

9月26日

　　阿粮的来信：

　　我不知道用洗礼两个字形容五月的死亡是否得当。认识五月的人，或多或少都被她的死亡影响而暂时离开习惯的生活轨道。有些人离开一下子又回到原点，因为生命再不堪其苦，日子总得继续。有些人在惊愕悲伤中看到自己那份再激不起浪花、和现实妥协的青春，即使偶而想起那些惨白、不愉快的感情事件，也不愿再次掉入悲哀、无力的记忆里……想想啊，创作的热情，当初那股急欲把自己献祭出去、不顾一切的疯狂，都哪里去了呢？实在很不想提起心之衰老这样的字眼。看五月的手稿时，脑海里经常浮现她的白头发（依稀记得当初在景美时她就有白头发了），觉得她在写这些文章时心已经变得很老很老了（想到三岛由纪夫的《天人五衰》），可是她也把热情和年轻活下来了，和她相形之下，这些年的社会经验反而使我退却了，面对艺术的无情与绝对时，我沉默了，从惧怖的黑洞前若无其事地转身离开了。

11月7日

　　树人要订婚了。他给过我选择，可他要的答案我说不出口；我无法对他说出五月的死，我怎么可能对树人说出自杀二字；我支吾其词，没告诉他，我们之中真正有人死了；没告诉他，这段时日太难受；没告诉他，在这关口要我有所决定是超乎负荷；没告诉他，我可能明年就会回去，而不是不回去了；没告诉他，我没告诉他的事情太多了……

　　五月和树人，这两个人都从我的生命退场了。我想起去年夏天树人找出来的一张相片，原来，毕业典礼那天下午，五月还是来了，被大雨淋得湿答答的她，在椰林大道上遇到了树人，树人硬拉着她拍了合照，这两个和我故意错开时间的人，一个长发凌乱，一个落汤鸡模样，但都对镜头挤出了笑容……

11月15日

　　人生要结怎样的果实呢？我还渴望繁花盛开的人生吗？我

说五月之死是繁花徒徒吹落,然而,我自己接下来的人生要结怎样的果实呢?

11 月 30 日

偶然的机会,又看了一遍《双面维若妮卡》[1]。

冷得发抖。打开今年第一次暖气。

春暖花开之际,和五月久别重逢,一起看《双面维若妮卡》。只有日文字幕,我问五月这样行吗?她笑笑:没关系,对白非常少。

打开从来也没真正读过的《挪威的森林》。第一章就叫我坠落,遗忘,一分一秒地遗忘,无法一刻之间就想起直子的脸,这次经过三秒钟想起,下次就经过五秒钟才想起,然后十秒钟,一分钟,像夕阳的影子愈拉愈长,终至隐没在完全的黑暗中……

我也会这样忘记五月吗?人间短暂的分离并不可怕,即使我们随着分离的时间渐渐记不清那个人的脸,但是,总还有一个新的,甚至永远不变的脸等在前方,只要你还有机会,还愿意去看他,他就在那里。即使分离三年,五年,或是更多,多到记不清楚那人的脸,但那个人的记忆档案总还是在的,即使分离,都是一种新的记忆。然而,死去是不一样的吧?记忆不

---

1 大陆译为《两生花》(*La double vie de Véronique*, 1991)。

会再增新，只是现有记忆不断地重复，不断地更改，甚或不断地遗忘，而遗忘是再一次的失去……

想到自己三十岁、四十岁的时候，要如何想起五月？以一张苍老的脸在记忆光影里寻找一张五月年轻的脸？我会忘记五月吗？那时的我能如何和五月相见？

12 月 21 日

昨夜看《米娜的故事》，最后场景难以承受。重点已经不是什么电影，而是只消一点点讯息，就足以触动全部，内心太饱涨，一被轻轻碰触就溃堤。

人生是什么呢？它真等在那里吗？总有一天，我会明白原来时时刻刻我都不曾真正逸出它的设想而真正自由吗？它只是柔情（残酷无情）地等着，等着哪一天在我心上发出冰冷的声音：总有一天，你会明白，你会臣服。这才是全部的真相。啊，人生怎么能够如此活着？

仿佛许多灾难自眼前横过，自身心碾过，有时我会疑惑自己怎么还能看着这样的人生，继续若无其事活下去？世界本身已经这么若无其事，我如何能再和它一样无情，一样视若无睹活下去？我所目睹所知晓的秘密无从述说，如同去到末世回返之人，何处是桃源，何处是人间？

1996 年

3 月 20 日

  相隔五年，重看《新天堂乐园》[1]，哭泣不已，仿佛片中人物托托重返小镇，五月所说爱的礼物——

  梦见五月，寻寻常常，平平静静，琐琐碎碎的生活。

  （浴室在隔壁房间。）

  （不，不是这样的，要装在便当盒里。）

  零星的对语，无线索的声音。

  在地图上，五月住在我所居住的隔壁市区，仿佛是转几趟车就可以到的地方。

  （你到我这里来吧。）

  （我要过了四点才能下课。）

  （没关系，我等。）

  我踏进门，好奇打量眼前的屋子，五月拘谨又顽皮地站着。

  （我得出门一趟。）

  （没关系，我等。）

  梦中我们仿佛都不曾问出，分离时光我们各自做了什么，为何同在一个国度。

  醒来疑惑许久才弄清楚那只是梦境。我使劲拍捶自己的脑袋，想把其中思维清空要不至少也把梦的重量倒一点出来看看。

---

[1] 大陆译为《天堂电影院》（*Nuovo Cinema Paradiso*，1988）。

梦境或此刻,哪一端重?重的一端是不是就是真实?真实是什么?五月,我已经不问这类问题了,你只要回答我,我们所要追寻的真实到底可不可在?可不可以存在?

打开电视看见白色冰河,在寒冬的北海流动。

此地冬日刚过,春风微微吹来,樱花要开了。

我要走了。

忧郁贝蒂

与 C 约好在信义路与复兴南路口,十几年前,那里是一间二十四小时不打烊的顶好超市,在记忆里显得非常新颖,隔邻地下室有一间广收国外经典电影,自八〇年代末期以来在知青圈子极为有名的影碟中心。我随 C 走下楼梯,深夜时分,四处散落好几张边幅不修的疲倦脸孔,这儿同样是二十四小时不打烊,C 是这里的常客,热烈挂在她嘴边的几个故事多半出自此处。

我们没有花时间挑片,C 约我来之前便说好了来看 Betty Blue,忧郁贝蒂[1]。我毫无概念,从名字也摸不着头绪。服务生领着我们到房间里去,手脚利落弄好了设备,才带上门,影片一开场便赤裸裸涌上一场性爱。记忆里,也许是还在摸索位置,也许是还好奇周遭的气氛,回神看到荧幕已然欢爱呻吟之际,脸上不免尴尬且狼狈,好似荒唐闯进他人房间,目睹了不该看

---

[1] 大陆译为《巴黎野玫瑰》(*37°2 le matin*,1986)。

的画面。

　　那份尴尬狼狈,今日想起来,自然反映了八〇年代末期的拘谨气氛;那是四年级前辈感叹"美好而秩序"的年代的最后一个关口,后辈我们前脚虽已兴奋踩进了未来的九〇年代,但后脚不免还沾粘着启蒙的八〇年代习气,因而那样一场赤裸,直接,毫不遮掩,长达五分钟的性爱开端,在我们扭捏望着的同时,心中似乎有什么区域被毫无余地揭开了,脸上不禁烧红起来。那五分钟内,我没有转头去看 C,电视荧幕里映现的她的脸,模糊而看不出表情,我不知道当下她想些什么,我甚至猜疑 C 是否已经看过这部片子,那么,今日约我来看又是为何呢?我想着这些,脸红中有了一丝尴尬,进而又涌上了一点悲哀。在 C 与我之间,到底是怎样的一种情感呢?我们一起端坐着,观看眼前赤裸的异性交欢,理所当然的傲慢与快乐。C 不发一语,连一句轻松调笑都没有,她平常可能会这么做的,为什么此刻她不呢?我坐立难安,不知自己该表示什么。如此的僵局,使得那五分钟,在记忆里显得极端漫长。

　　这之后所发生的故事,相对则以极快的速度进行了。《忧郁贝蒂》在记忆里留下了鲜明的黄与蓝,洋溢着青春的情调,从头到尾没有一句听不懂的对白,没有一个弄不清的时序,可是,影片终场,我们却心事重重,走出那间苍白而又激情的影碟中心,走上八〇年代终点的夜凉马路。我不记得那一夜后来我们说了什么,也不清楚那一夜的《忧郁贝蒂》,在我们两人的历史里留下了什么。很长一段时间，我甚至不明白《忧郁贝蒂》是怎样的一部片子，不明白贝蒂如此率性坦荡为何仍感到忧郁，不明白她说"生命老是在阻挡我"是什么意思，不明白一个人要怎么挖出自己的眼睛，爱一个人又怎么能用枕头闷死她……

有太多事我不明白，自然也不足以明白当年的 C。烧得烫手，重得像铅的 C，伏在桌前一写就是好几个钟点，一谈起喜爱的书与电影便激动莫名。她翻开托朋友出国买来的杂志，指给我看：这是村上春树，这是太宰治，这是三岛由纪夫。她反复读着故乡版的《挪威的森林》，对译文时有抱怨，当时对村上春树，对 C 的热爱可说毫无概念的我竟能妄言：哪天帮你重译吧。她的眼睛亮起来，我连这份光芒都看不明白。村上春树后来彻彻底底畅销了，我却始终没读《挪威的森林》。我在拒绝什么？一整个时代的流行？还是仅仅关于 C 的爱情？C 与她的一帮朋友，在夜暗酒馆里且歌且哭，每个时代都必然有过的意气风发、挫败孤独，他们所拥护的人与书，理论与电影，日后或许成为某一类灵魂的认证标记，我却无动于衷；在隐隐然触着 C 的神秘热情之际，我同时敏感到了热情之中不可言说的危险痛苦，倘若我们只能对坐无语，那么，目睹 C 宛如一只美丽骄傲的孔雀，跳着那些炫目的知识之舞，徒然使人伤感，身外之物。

我与 C 后来疏远了。我们之间，还需要很多很多的时间，来等待帘幕一重一重揭开。记忆里那是一段极端安静的时光，诸多联系 C 的符码，匿步走进我的生活。我密酿在文字与影像的大酒缸里，在新生南路台大对面，某些现在已毫无痕迹可辨识的密闭空间里，拿着以月计费的票根，一小时又一小时，一天又一天，关在隔音棉板分割的小房间里，K 书般看遍了伯格曼、塔可夫斯基、楚浮[1]、高达[2]、维斯康蒂、小津安二郎。这些人名成为我九〇年代开头的背景，悲苦黯淡的小人物，缝隙里如蚁如狗的生存与交欢，安静悠长如逝去之梦的人间小曲，罪恶与良心的大众世相；美好惊心也好，教善惩恶也好，老旧的黑白画面危颤颤地在小荧幕里映放，好像随时都可能烧坏，连配音也是沙哑不清的。离开小房间之际，我通常已两眼红涩，说不上来有什么重要理由非这样继续看下去不可，然而，明天，后天，我还是会来到同样的小房间，在那个密闭场域，继续孤独观看那些伸出手去绝对触不着可心灵却为之激动混乱的各种、各种人生，直到荧幕打出了 FIN，我才离开，身心疲惫走上大街，目睹九〇年代的火种正逐渐地，逐渐地翻烧起来。

和那个时代里的许多人一样，大学念完，电影看完，就千方百计去弄了张国外机票。某日，当我在他方的跳蚤市场，努力搜寻廉价家具之际，无意看到一张面熟如故人的脸，那是贝蒂，《忧郁贝蒂》，手托下巴在黄与蓝的天际线下瞪着我。一张

1　大陆译为弗朗索瓦·特吕弗（François Truffaut，1932—1984）。
2　大陆译为让－吕克·戈达尔（Jean-Luc Godard，1930—　）。

标着37.2℃的音乐光碟。我买下了它,在租来的狭小房间里重复播放了好几年。37.2℃,比体温高一点的,激情。我在脑中搜寻记忆,那个漫长的五分钟,以及其后的故事。一个来路不明的女子,与,一个无法面对现实的海边油漆工的,爱情。广告文案这样写着:绝对心痛的爱情,碰上一次就完了。我有点惊动,原来可以衍义至此,同时,它有了另一个名字:《巴黎野玫瑰》,听起来像另一部不相干的电影。我想起与C的约定,决定为她来读一读村上春树,《挪威的森林》。第一章,我的眼光便停住了。渡边对直子说,你要学着放松,把力量从肩膀松开,你懂吗?松开。直子摇头,给他一个固执而凄惨的笑容:不行,这样一松开的话,我整个人恐怕就要散掉了。

　　与C重逢的时候,我并没有告诉她,我为她读了村上春树。C对我的生活很有意见,不谈恋爱,不搞联谊,和外界互动微乎其微。碰到过不去的时候怎么办呢?她这样说,且像为我铺路似的,开了生活一堆药方,同时十分具体地逼我去买了一部录影机。这件事在记忆里留影得十分清晰,回程路上,她走前头,手里摇摇晃晃帮我提着录影机的硬纸箱。仿佛又回到当年信义路与复兴南路口,二十四小时不打烊的超级市场,我们在二十四小时不打烊的百视达录影带出租店挑片子,已然消瘦衰微的C说起每部片子的故事,口吻比我们天真青春的时代还要热烈虔诚,我开始感到不安,但一切都太迟了。我们一同重看了《双面维若妮卡》《新桥恋人》,一个卑微而癫狂的爱情，比多年之前的《忧郁贝蒂》，更使我感到残酷，不明白。

最后留下来的只是那台录影机。我把C挑了而来不及看的片子给一部一部看完，接着，捞着她遗留的讯息，或我隐约摸出来的路数，再度进攻百视达。百视达先生友善地问：你那个朋友呢？我礼貌而微笑说，她先走了。《流浪者之歌》《碧海蓝天》《直到世界末日》[1]，各式各样将随时间淡去老去的片名，重复又重复刷洗着临近世纪末的日子，渐渐我竟期待，总有一天，我会对这些残酷而媚惑的事物失去所有感觉，届时，我将不再为任何痛苦所动容。我固执地挑战着，看片看到两眼干涩无感，直至某日遭遇一支叫作《夜夜夜狂》[2]的片子，片名煽情至此，我本毫不在意，孰料悲剧无孔不入，一夕我竟泪流满面。

---

1 大陆译为《直到世界尽头》(*Bis ans Ende der Welt*，1991)。
2 大陆译为《野兽之夜》(*Les Nuits Fauves*，1992)。

其后 之一

亲爱的五月,那个夏天,你那些遗物送到我面前来的时候,恋爱的浓情蜜语,巧笑倩兮的合照、笔记、电影票根、海报、卡片种种,尚存着肉身温度的触觉,谁帮你收拾了这些,其他没能收拾的呢?或者,这些东西,这个大盒子,根本就是你自己亲手收拾的?你的打算是什么?这些你到底是在乎还是不在乎?有时候你表现得好像这些全是心血,有人伤了它们,你必然要像纪德那样因为妻子烧了书信而悲恸不已,但有时候又好像这些对你已全无意义,如果那个致死的核心不再对这些投以一丝爱意,留着何用?无论如何,这全是你的故事,甚至是你与他人的故事,我要如何拿捏?你到底要我帮你做些什么呢?

巴黎的友人跟我约了台大侧门对面的二楼咖啡馆碰面(那些地方如今全消失了),他把纸箱摆在桌上,说起我所不了解的你。接着,我见了你的情人(我们为什么会约在百货公司呢),她把你留在她那儿的东西也送回来。我可以拒绝吗?为什么这些东西要四面八方汇集到我手上？如果这是所谓爱的礼物，受礼者原本并不是我，不是吗？你到底要我帮你做些什么呢？你在最后时刻找到了我，这是要测试我？还是测试你自己？测试我挽留你的力气够不够？测试你自己要活的决心够不够？

捧着那个纸箱，站在大学时代走过非常非常多次的新生南路等红灯，想到你的家人捧着你的骨灰搭飞机回来——这些情景对我们不会太过残忍吗？对你自己也太凄凉了吧？

那个夏天，另一件让人无言以对的事情是，我的小说得了奖。

春日重逢之际，我已经很久不写作了。你知道写作使我戒备，我老怀疑写作到底将救助我们的人生或将我们推入更深黑之处，你也知道，这是由于噩梦主的缘故，我内心总有两股相反的力量在拉扯，既信慕，又怀疑，内心紧紧握住，言辞上又不断否定它。对于这样的我，你总是不同意的：噩梦主是你自己的心魔，他给的跟文学一点关系都没有。你不明白我为什么要压抑自己对文学的直觉，你总把写作摆得很高，一副艺术无敌的志气，我没办法那样，也不至于反对你，我总表现出一副你就去写吧，我写不写都无所谓的样子。尽管如此，在那个残忍而美好的4月，我电脑里事实上存着几篇已经写就的作品，其中一篇校稿清样甚至就躺在抽屉里。我为什么没有拿给你看呢？写作的洁癖？拍板定稿前与谁也无法分享作品？还是因为这篇久违的作品真正写到了我对性别的意见与看法，才拿捏不定要不要给你看？

我想，下次吧，下次还有机会。过一阵子该看到你自然就会看到，就像我当初在书店被你的《手记》砸到一样。

然而，不一定总有下次的。我得到教训了，你也真够狠的。

你回巴黎之后，我埋头开始写另一篇小说，你打电话来说也在写，我以为这样很好，我们会共渡难关。可是，写作的围城状态，让我在电话里显得冷淡，你以为我又把自己关进铜墙铁壁，以为临别那次争执再度伤了我们的关系。事实不是如此，那些争执根本伤不了我们，只是没想是最后一面。我那时经常在心里跟你说，等等我，五月，再撑一下，我快写成了，你也会走过去的，真的，真的，我们再撑一下下。

作品定稿。你的状况却愈来愈不好，偏偏兔子又死了。月底，你没撑过去。

把自己掏空，把体力用尽，把抽象思维操演到最极致，整个人如发烫的机器再也不能运转。把那些长久共生于心里的亲密之物，如小鸟放掌心，让它们飞走，不再回来，如掷花落水，不再回来，就算它们再现眼前，也已是他人之物，不再相认；这种写作之后的孤独感本来就不好受，这一次，分外难耐。

独自驮着写作之后的空虚过日子，现实生活里没有人与这件事有关系，没有人能介入这个过程。

是的，过程，只是过程。

我们却把生命的柴火，心的最灵敏，至深的悲欢与幸福，全都押注于这个过程。

炽热的夏天，我接到电话，通知小说得了奖。

我该说什么？我该高兴吗？在我为你丧礼归来的这个当口，谁给我一个荣耀？

你不是比我更相信艺术的力量？你不是说使我回到写作是你的责任？现在，你不来收成绩单吗？

诗人西川说：失去一位真正的朋友意味着失去一个伟大的灵感，失去一个梦，失去我们生命的一部分，失去一个回声。

回声，这个譬喻多好。

没有出席颁奖典礼，我直接回了东京，在小房间里摊开你的手稿。

芥川龙之介自杀前把最后作品《某傻子的一生》留给同门久米正雄："之所以把稿子托给你，是因为你应该是比谁都了解我的吧。"唉，总有人可以抢先这样做呢。说什么原稿要不要发表、时间、刊物，全任久米决定。收下这样的托付，谁能不发表呀。芥川饮药自尽是7月的事，10月，久米发表了《某傻子的一生》。

整个秋天到冬天，一页一页排你撕得零乱的笔记，那些文字对我而言是难以习惯的，但我得挺直腰杆走过去，一字一字帮你校正，一字一字帮你存档；每个字仿佛还留着气味，字迹里的情绪与力气也都还分明，如果我疑神疑鬼，我该想象你就在身边盯着我做这些事，嫌我不够慎重，又嫌我锱铢必较，大喊这个符号不能动，那个字不能删……

一边写论文，一边编遗稿，两个高度压缩脑袋的工作，我不知道自己是怎么办到的，但也许就是因为这样紧紧撑持着，才得以走过那段时间吧……

唉，亲爱的五月，我是没法骗你的，还是实话实说吧。那个秋天，我的确是一边写论文，一边帮你誊稿，但同时，噩梦主或许听说了你的事，打过几次电话来，我几乎每次都以大喊大叫收场，我想我是把那一年的无望与伤害全给发泄在那些尖叫里了，我有恨，文学里咬牙切齿那样一字一字地恨，一边写一边抹眼泪地恨，够了，够了，这些虚伪的句子。

噩梦主不发怒，噩梦主是高贵的，他不会理解这些凡人小兽的痛苦，他的诊断还是像以前一样，总归就是我的心灵太脆弱了。

那些尖叫后的平静，好恐怖。回过神来看到现实世界的失序，好恐怖。几次失控时刻，管理员从柜台频频按我房内对讲机，或是听到哪间窗子也传来野兽般的大喊：STOP! STOP! 是的，我吵到人了，我的行径若非像个疯子起码也是适应不良的人，他们听不懂我叫什么，我也没来得及清醒听到他们阻止我的声音。

有一天房门缝下塞进一张纸条,远远看出来是中文字,我虽然有点慌张,但以为是陌生人的垂问或安慰,内心极端羞愧。

然而那上头写的字完全不是那样的:个人的事请自行管束,不要造成别人的困扰,同为台湾来的,劝你一句,请自爱,不要让我们跟着你一起丢脸。

好恐怖,好恐怖。厉鬼符似的,吓得我把那张字条丢到很远很远的地方,再也不接电话,住在那宿舍里也完全是如履薄冰,红字般的人了。

交出论文,通过口试,直升博士班。我却送了一份到此为止的申请书。

到此为止。一切取走,交回,退席吧,就连噩梦主也请出我的生命。你说:你回去,不要再待在这里了。我也跟你说过类似的话:你先离开法国吧,回去,总有办法可想,我们得先摆脱死亡。

尽管如此,我内心知道你不会肯的,你那么好强要对生命既定的谱式进行抗争,像一个挨揍的选手,反复被击倒再反复站起来,可是,总有一次,总有一次,在数到十之后,没有动静,没有人站起来——目睹这样一个过程在眼前发生,虽然对你的死不是毫无准备,但真正发生,坦白说,还是把我给劈傻了,人,是真的会死的,死,是不可重来的。

你失败了,我知道你绝不是在搞表演,你多么努力要远离死亡，结果还是输给了死神。地下社会的苦炼，衔石填海的信念，原来不是一定有所回报；奉献，可能耗竭，也可能中途爆破身亡。重看那时的日记，发现事情刚发生之后，与其说沉溺在悲伤里，毋宁表现着一种连我看起来都陌生的姿态，急切地想与过去人生作切割，以大声口气训诫自己，来不及了，没有以后了。那时的我可能没有办法正面凝视悲伤，转而替代生出了愤恨，不甘心如你这样的人就此蒸发，不甘心我们共同经历、赋予价值的意义就此退阵，而发愿要赶快去做点什么——这当然都是后见之明了——看起来，我靠着一股赌气过活，放下原来转进学院安身立命的想法，仗着一股虚无的力气，把模糊的交谈当作承诺，我回台湾了，朝一个不可预测的未来抛掷进去。

　　回家。父母不明就里而小心翼翼，我并没有告诉他们，那只活泼爱讲话的厝角鸟儿已经不在世上，他们以为原因出在树人的结婚。有一天，父亲走进我的房间，平静口吻问我，接下来有什么打算。我尽量说得很乐观，无所谓，好像这原来就是我的打算：过一阵子会上台北去找工作，有机会兼课教书也可以。只字不提写作。

　　为什么我们如此畏惧情感语言？人与人之间所能达成的沟通与心里所想表达的，仍然差距如此之大。当时我多想跟父亲说：爸爸，我跌倒了，很痛，爸爸，我知道写作使你不放心，可是，可不可以让我去试试？要到很多年之后，我才理解，父亲的心，我应该告诉他实情，就像他也应该明白告诉我，他曾希望我能撑下去，不要回来的。

行李漂洋过海送回来，堆在角落，母亲催着我收拾。生活得重新开始，我对自己立志。哪些收在身边带走，哪些暂放老家，哪些归学术，哪些留给文艺，哪些日常可用，哪些就此封箱，不过，一切总得先上台北去租个房子才行……一趟迁徙搞得人浑身酸痛，我把自己丢进浴缸，脑袋疲乏，昏沉沉至想闭眼地步，委屈与创伤从缝隙流渗出来，对自己对别人都说不出口的灵魂与垃圾，够了，能否不要这些，撑不下去，偏偏我没法跟人坦白撑不下去，坦白与真相大多数人捂住耳朵不要听，挥挥手说你这是想不开、钻牛角尖、个性古怪，这些说法，我听腻了。

我第一次想象，你说过的割腕，伤口淌在暖水里。

你知道我从来不是把自杀当成方法的人，我那么反对你的自杀，而那念头此刻毫无预警，如蛇静静钻进心内，张爱玲有个句子后来使我感到恐怖：静静的杀机。

我显然错估了自己，勇气也好，赌气也好，若非只是气球猛吹，就是河豚垂死挣扎，我若非假装没看到伤口，要不就把事情平常化，哪个人不受伤，我又有什么好特别夸大。我以为自己可以疗伤，直到伤口溃烂，蛇信如花，静静的杀机，死亡之蛇沿着路径向我靠近，我几乎要被恐惧吞噬，啊，挺住，不要慌，不要轻举妄动，静静让它过去，一点点心惊胆战的软弱都不要显露，让它过去，过去就没事了。

没事了。站起来。我对自己说：爬出这个浴缸就是了。

很多年后，这个家已经旧了，很少使用的这间浴室却始终留着新态，每次回到这里，刷牙洗脸，我依旧清楚记得那夜细蛇爬行的模样，那是年轻时代的一个卡点，在那里，我们得奋力游过一片黑海，如你所说：越过一座山峰；掉转过身，我和父亲一样，感觉时候到了，该出门了。

台北。温州街。和平东路。敦南复兴。木栅。新店。盆地之南。高架捷运与快速道路。车窗外回复熟悉山景，但使我们兴致勃勃的火苗都已经熄灭。

上班面试日，老板开口第一个考题："好，说说你能为我们做些什么？"

学着用另一套语言重新解释自己，把自己当一部机械重新发动，每天开启固定功能，制造一定产能，把自己变成一个有效的人，一个组织的一员，有名片有聚餐的人，我从来没有对人提起你，他人谈论我也当作没有听见，也许我还在赌气，也许我不知如何对应，身上仿佛装了一组自动安全装置，警报响起便封闭所有对外管道。

我不知道其他走过自杀的幸存者，如何挣脱死亡阴影，那时候看的许多精神医学书上反复提到，不要抗拒与人谈自杀，要把伤痛宣泄出来，这是一种 working through，修通。"每一次你将痛苦的经验说开，情况就有所转变。经验仿佛像个万花筒：

每次转动，里面的花样都会重新组合。"

如果我真能与人谈起你，如果我面对的是一个无名的、年轻的死，那个经验的万花筒会组合出什么样的花样呢？回到台湾不久，很快迎接解严十年，很多当年还在苗芽的观念，现在都已茁壮，往外散播影响力。你以为始终不来的，一下子就来了，你以为要用尽力气才能踢翻的，一下子就生成了不同的面貌。《手记》出版之际仍作为一个伏流词的同性恋，忽然之间，就成了普遍用语，台湾翻身一转成为对同志议题友善而有兴趣的地区，你没料到吧，你竟会成为一个象征，你的自杀成了一个事件，你的书死后追封给了奖，许多作家也给你写了赞美文，再过几年，关于你的学术评论一篇篇出炉，同志论述里你成了指标人物……

时代翻天覆地在变，我常想如果你活到这个时代，是否难关都已过去，新颖发烧的舞台等着你，你那灵锐的棱角应该会逐渐磨合，我们对坐会来到新的体悟、新的话题……

我不知道这几年你在哪里？找到生命永恒栖息之地吗？前几年，你的宝贝姊姊找了通灵人转述你过得很平静，说你是个与众不同的灵魂，不受前生未了的情欲所苦，亦不为轮回求生欲望所苦，而且，你和其他灵魂不同，你没有什么话急着想要透过他转达给我们，你很安静，静静地练字修行。

"听起来很像，不是吗？"姊姊有欣慰的眼神，你走后，许多现实重担落到她的肩上，尽管每天还是东奔西跑忙得像陀螺，可她心底似乎不曾遗忘你一时一刻，任何关于你的细节、探触生前死后的可能她都会去试试，而我是愈来愈少去看你了，不去，关于你的死，就只是抽象的，我们分离不见是常态，一两年不见没有什么，四年、五年也没有关系，但让我站在那小小的塔位前给你捻香，实在什么话都说不出来，我根本不习惯于你的死。你在这里？你会在这里？不在这里又去了哪里？练字，确实很像你，我想到你很用力的握笔姿势。可是，那是什么地方？你以什么模样存在？你还存在吗？这些问号一抛出来就烧坏了我的脑袋，思维走入死巷，宕机。

每次离开小镇，内心总是空荡荡的，不知自己为何要来。就当作来看你的姊姊，她烦恼一年一年又多了一些，看看你的父母，他们一年一年老去，房子愈来愈旧，小镇愈来愈繁荣。我从不抱着念你的情绪而来，只是替你还乡，你的家人总对我亲切多礼，我也总觉得在他们面前，我该有所活力，最好还如你一样爱说笑话；逝者已矣，生者我们尽量如你祝福：幸福健康地活着。

办公室里解严十年的活动办得热热闹闹，我很忙，忙着把文化包装成商品，忙着让知识与时尚、宝石、美酒并列，同部门主管是个对很多事物都兴致勃勃的人，她或许设定曾经写作的我必然对艺术话题感兴趣，经常跟我谈论她看过的哪部电影、哪本书、哪个怪胎作者，哪个很棒、不得了，或是相反很无趣、老套、假道学等等，她是个笑声爽朗的人，在喜欢的事情上从不吝于使用夸张的形容词，相对我则鲜少表态，我不是反对她，通常只是没有提起兴趣，因为我在文学上的看法和她不尽相同，在哲学艺术上的知识则远不如她，因此通常没有回报以热烈的讨论。

有一次，她讲到一半，停下来："你知道吗？不管问你东西好不好吃，书好不好看，这个人那个人怎么样，你的口头禅就是：还好。"她挑着眉毛说："请问，这是不好的意思吗？"

"不是啊。"我愣了，"我没有那样的意思。"

"那你为什么不说：好，很好呢？"

我沉默着，她讲的是事实，我确实常顺口说还好，但我以为那会表达"我同意"的意思。

"还好听起来很勉强。"她说，"好像你只是不好意思批评而已。"

那天自然不是愉快的，不，我应该是造成她相当久的不愉快，所以她才会憋不住说了出来。

那之后也很难愉快了。我感觉得出来，她曾经想跟我做朋友，那种不受职场阶级所限制的朋友，她并非平庸无趣之人，相对，是我的冷漠甚或骄傲（在他人眼中看起来是如此吧）造成了阻隔，她也很快看出我对工作缺乏野心，渐渐收回了她的期待与安排，不再主动拉把椅子跟我说话，我们变成平常的主管与下属，有一次，我坐在她面前，听她条列待办事项，也许是我脸上什么神情又激怒了她，她忽然拉下脸："你就不能拿个笔记本把我刚才讲的事记下来吗？"

　　我道歉，我的确需要道歉。若非我的漫不经心激怒了她，就是她认为自己错看了我，原来我是这么平庸无感的人。

　　有一天，她做东请几个同事聚餐，那个阶段，我也许做什么事都是魂不守舍的，没有对人对话题真正投以兴趣。在步出餐厅，四面八方前后道别的路上，渐次剩下了我和她以及零落两三人，谈到西门町的人气吃食：上次我老公带来那个很棒吧？嗯，对啊，每次都是一堆人排队呢，它那个馅吃起来果然就是不一样呀。问到我，我不留神又回应了还好之类的词语。

　　"又只是还好喔。"她酸溜溜地说。

　　"对不起，我的意思是很好。"

　　"算了，现在才讲有什么用。"

　　另两位同事没听出异样，话题继续蔓延到附近某家电影院，现在不准带外食云云，我没再解释，默默跟着这回家的路途。

　　"唉，我说呀，你这个人真是——"我的主管用较平日更低沉的口吻，自言自语似的，"我真怀疑还有什么东西会引起你的热情。"

　　我抬头迎见她的眼神，她的眼神是严厉的，不知道因为还当我是朋友所以有着苛责，还是已经彻底对我这个人失望。那个眼神交会之间，她知道我听见这句话了。

日常生活，举重若轻，大家继续闲聊，话很快就散了。再见。晚安。我走过马路，站在台电大楼前等公车，看着她们背影渐渐走远，那句话如巨石自山顶滑落，将我辗得粉碎。

其后 之二

那些年，一直在换事情做。

换工作，换住处，换读书主题，换生活方式，一段时间天未亮就起床，一段时间总是熬夜，没有承续，没有累积，转换任何东西，就是没换里头的情绪。

在心理学的书里面，这样的过程被形容为逃跑。

我什么时候开始看心理学的书？大约就是这时期吧，包括宗教的书也一本一本打开读下去。

离开台北之前，认识了一个简称DC的医师。

那是所谓千禧年，电脑病毒大批出笼，准备瘫痪人类自豪的虚幻城邦，我体内豢养的情绪病毒也开始肆虐，以各种疼痛瘫痪日常生活，我不得不克服心防，挂了精神科的门诊。

如果记得没错，DC在第一次陌生而混乱的门诊时间，就问我通常在什么时候写作，我没料到这问题，没料到他知道我与写作的关系。我沉默。DC又重复问一次，我胡乱作答，因为那时的我根本谈不上什么写作规律。第二次就诊，DC又问写作还好吗？我觉得他说的话岂非缘木求鱼？那时我的心情若非极为躁乱，就是空白感觉，谈论写作何等奢侈？我又沉默，露出尴尬笑容。他谅解沉思片刻，然后，如断论又似自言自语："所以，大约是停摆状况？"

我愣了愣，不得不点头，泪水差点涌上来。"停摆"——这两个字，从一名医师的嘴里说出来，客观得像个大石头痛砸我的脑袋。那确实就是事实。

DC 开药。我拿着药盒子，没办法把胶膜戳破。

对我这种连以酒精麻痹自己都做不到的人来说，问诊代表缴械，把自我控制权交出去。药物是进一步投降，俘虏，我要让化学改变自己吗？

我打电话给 DC，结结巴巴告诉他我没办法把药丸吞下去。

DC 很温和，他的意思是：药物没有你想的那么复杂，它只是一个帮助。

药物使我哈欠连连流鼻水，走路跌倒，多梦早醒，脑子清醒而纷乱，如蚯蚓纷纷爬出土面。

门诊时间内我总显得抗拒，既不知如何描述病情，亦不知痊愈景象何在；什么叫病了？什么叫好了？我戒备。我耻辱。要不就安抚自己并非对象，小题大做，浪费医疗资源。

几次门诊之后，DC 慈悲地跟我另外约了治疗室的时间，断断续续，我在他对面那张椅子里坐了三年光阴，直到我自己片面中断会面之前，依旧没有提到五月在我心中的景观。

是的，回想起来，从事情发生之前以及其后，我都没有与人谈过这桩死亡。即便出现请假、中退、回国、就职种种失序，我就是没有对人坦白内心来自五月的冲击。

甚至我以为这不是冲击，不想以冲击形容之。这竟是我疗伤抹药的方式。我怀疑，如果五月之死没有在后来成为一个外在话题，我是否真得就以绝口不提的方式，在一点变化也没有的日常生活中，伪装，平静，等待，度过这场内心的风暴。

翻看那些年的日记，发现其中关于五月的记录非常少，我几乎是没心肝地想将五月忘记，或至少至少不要骚动地想起。另一方面，又不断在处理五月的事，她的文章、出书、转载、改编、翻译、拍片……我成了一个中介人，做得最多的就是签合约，在出版社与五月家人之间转来转去传递讯息，这部分还算简单，苦恼的是五月她那自传风格强烈的作品，吾往矣的态势所抛出来的尖锐议题，她并非怯战之人，而是如她说的："就把这世界踢翻过来吧！"那样苦等大旗迎风展开，孰料风潮卷上之际她已不是冲锋陷阵的前导，而成了一个纪念之名，她的书，她的死，成了容纳各种穿凿附会的事例，她的家人与情人们在死亡伤口未平复之前是难再承受这些，作为一名写作同业，一个挂名为她签署文件的人，我被推到了一个对外的位置。

在我与五月的故事里，同性恋，这个说法，一直是个外加而迟到的词汇。这个词汇后来产生的用处是，使我比较正确理解到她早熟的灵魂是在怎样的苦恼中焖煮而成，贴近想象她的明暗生活，她与情人们（尤其是那炼金术般的代号 L）的纠缠分合，甚至后来我们用这个词来分析过滤彼此的关系，虽然那就是我们扞格分离的开始，启蒙时代的结束。

在后来，在今天，这个词的性质及其轻重，已和我们当初所体受的大大不同。在轻松的明亮面来说，它甚至成了一个时髦的流行语。五月的书写，确实为同性恋前史，为这个词语的暗面（势必还是会一直存在的暗面），留下了血肉见证，这是五月个人的美学与信念完成，也为她与她的情人们写下了最后的结局：我祝福您幸福健康。然而，五月的自杀，之于我，其作用力却不完全相等于同志故事的悲欢。比起一桩情事破裂，爱人离世，一种对象明晰、疼痛确凿的哀伤，五月之死使我临到的是一个年轻时代的提早终结，众多信念的挫伤。肉身脆弱，死真正存在，完全不是开玩笑，不是游戏，不可重来，不是以后会死，是已、经、死、了，所有年轻时代的天真侥幸之心，一次用尽。我相信，一些在年轻时代失去挚友的人，应该会有类似感受：面对一个和自己年纪相仿、灵魂相通之人的急逝，尤其是自杀，那在心口凿下的力道，不知为何有一种迷幻感，痛，却又是轻飘飘的，难以掌握，难以克服，不是随着时间淡去，而是随着时间弥漫开来，卷着我们自身，一次又一次往更深底的秘处里去，使我们孤独，老衰，羞愧，失乐园。

因此，有关同性爱恋的伤痕，之于我只是故事里很小的一块，甚至在五月离开之前，我们之间已经磨平消解了这个小硬块，取而代之的是一个大破灭，得花上很多光阴才能重新拼凑安顿。这其间，来自外部之揣测、联想，即便如何出于善意，之于我始终具有违和感。容我借用西川的话："很难说在对海子的种种缅怀与谈说中没有臆想和误会，很难说这里面没有一点围观的味道。"我选择不回应，源于对五月的不忍心，在众人难免与同性恋划清界限的旧时代，情人一个也不见的悲剧过后，自死成了写作者偏执的下场，这太无情，就像我仅仅把手从她的手心里抽出来都足以使她受伤，我若说出一个不字仿佛恩断情绝。选了与死者的承诺，无视生人的眼光，也因我赌气不肯屈服对号入座、近似霸凌的阅读习惯。我有时接近于傻，一切出于情义，然而，吞下这些，未必事圆情满，其中尤其无奈的是，五月形象笼罩住我，文学上，我失去了自己的角色，成了一个关系人，作品不分青红皂白地都被作了关于五月的联想与影射……

2009年，年轻海子默默卧轨而死的二十年后，官方出面给他办了个热闹滚滚的纪念活动，他们修了海子的墓，整了海子故居，找来几十名海子母校的学生，齐声背诵《面朝大海，春暖花开》——这首诗如今已成了名句,这绝非诗人卧轨之际所能预料,如同五月在生命结束之前,根本连《手记》有多少人读都还不确定;"面朝大海,春暖花开"如今泛滥到成为房地产广告的文案,五月的被阅读也完全是星火燎原的态势。我很清楚这个被阅读的五月和我心中的五月,已经是两种存在,她们没必要相提并论,没必要互相补述。

回避谈论五月,我的位置已不可能存在客观,评价太残忍,说故事我也不愿意。她的故事我何来资格给个说法,她的伤害我如何能要个偿还。我们的故事,五月早预言过了:若非赝品,就是断简残篇。一个处处空洞的故事,难逃被误植百花野草。我的说法也未必等同五月走过的路程。

试着跳过五月,像跳过一座大山,走我自己的余生路,可是,何等艰难,脑中思路多处坍塌,落石阻断,此路不通,绕路,远行,走迷宫,撞进死胡同。那些朗朗上口的知识、典范、技艺,为什么都只像街上红男绿女走过,而不能指南我何去何从呢?不想以"冲击"形容的五月事件,毕竟还是挟带一股大力,冲垮了我的感受边界,碎落满地惊骇黑影,日常生活我尚不知如何收拾,遑论以写作来披沙沥金。

除了五月,这个人,之外,还有什么阻断了去路呢?

具体说,是死亡吧。坐在 DC 对面那张椅子的时光,DC 和我都很快察觉,问题出在死亡。包裹着五月的死亡。但我不想谈五月,也就没办法谈死亡。

死亡继续在那些年发生着,仿佛余波似的,我继续接触死亡,认识死亡,尤其是在同辈人的临终看顾、送别过程里,一次一次摹想死亡,以及当年那个没有实际目睹的五月丧礼。

我得反应,试着反应。

但一切仍止于表面。写作上反映出来的只是只字片语,零碎杂感,没法拉高看到一个全景,没法看到自己在哪个位置被卡住,没法梳理事物的纠结。没法写作。

写作与阅读,两个喂养自我的基本,武功尽废。我进入断食的日子,灵魂饥饿难耐。虚弱。幻觉。偏见。自我与世界的轮廓日渐歪斜。生命的船筏驶进了无法航行的水域。

顾城在1993年于激流岛伤了妻子谢烨然后自杀的事件,是很多人都知道的。死之前后,说法很多,甚至有截然不同的说法,大致可通的是《英儿》这本书是导火线,书中林城死了,但现实中顾城是没要死的,他跟谢烨打算把这书写过了,继续生活;倘若真正要说有谁因为《英儿》折磨难以解脱,应该不是顾城,而是谢烨吧。

顾城姊姊顾乡有一本书叫作《我面对的顾城最后十四天》,以让人难以相信的细节、对话,回述最后时光。她暗示,走到那步境地,两人之间,顾城是愿意离婚的,反倒是谢烨不能放下。(《英儿》牧场一节写到类似情境:雷说走不下去,林城无法承受而去死——艺术上处理的经常是相对反的解决之道。)谢烨不愿背离婚之名，反倒对老是喊死的顾城寄托了幻觉，以为死终会在《英儿》书成之后做出偿还，一切随之解脱；舒婷的叹息："一切是不是很圆满了？"

这实在是个残酷的视线，却可能接近实情。（可能，旁人我们只能说可能。）做一个艺术家的伴侣，是既困难又迷人的，炫丽光芒背后有难熬的黑影。顾、谢两人最后的死亡悲剧实在不能说是计划性，就算真有计划，最后的死也和计划全不相同。自杀经常由一些拉拉扯扯的情绪构成，不是所有自杀阴影都该浪漫地归因于艺术，自杀是现实的一种结果，无论其过程满载多少幻觉，但往往是由于现实的一个闪点，一个该死时机按下的按钮，成真了自杀那一刻。把所有死归诸于艺术，有的时候，我感觉那是一个便宜的美化。

不过，说到底，这本书使我结结实实失眠的，并不是其中长期受着折磨以至于扭曲了的人性与爱情，而是顾乡描写之最后几幕，好一阵子在我脑中咻咻翻闹——顾城伤了谢烨之后，急转回家来拿绳子欲自我了断，姊姊顾乡没料到这情况，只能不知轻重地跟着弟弟（顾城说：我现在去死，你别挡我），又心慌意乱跑去查看谢烨（医生说：She should be right.），医生一会儿问先救谁（顾乡说：Please save her urgent.），一会儿又回来简单明白地宣判：He is gone.

真难以想象顾乡要怀着怎样的情绪来写这最后一场。（我是在噩梦里，我是个鬼。）那乱了套的死亡画面，读来实在残忍。

（等，急，一秒钟都是一辈子。）好几个夜晚，我辗转反侧，直到天明，那种沙漏般时间一分一秒经过，内心狂奔乱跑的感觉，又想起来了。

五月最后发生了什么事？为什么非如此不可？难以平息的问号，春泥般蠢蠢欲动。我一直深信遗书写作将导致生而非死，这是我对五月长期理解所下的判断；我也相信她会对我实践生之诺言，无关情感，就是承诺：活下去。

在我尚未演变成今日之我之前，我是那种相信承诺的人。不是单方面天真地信，而是互信，我在五月眼中看得出来，她有胜算要活，不过是消解不了背叛带来的恨与伤害，如果能带着书写跨过这个关卡（就将之投死于遗书之中，在遗书书写中抵达宽恕吧），她是有本事活的，且要活得比以前都亮眼。

结果，她却死了，我不否认，我有过愤怒，但这个愤怒没法指向谁。关于死之前的故事，我无权评论；关于死之成真本身，我没法责怪谁。倘若真正回想，自责的其实是自己。

这么多年来，若在黎明时刻想起五月，内心仍被一种空洞的恐怖所折磨。假设我相信五月可以不死而她真死了，假设我把这理解成现实擦枪走火的意外，那么，我如何释怀自己在那当下放任她去死的事实发生了。（顾城：我现在去死，你别挡我。）最后的电话仍折磨我，很久之后我才逐渐理出这个头绪。（顾乡：弟弟，我听从了你，可我永远在地狱里了。）如果我那时已经认识五月姊姊，我不会迟疑的；就算电话挂断她随即伤了自己，如果我有办法联络到人，有没有可能是另一种情况？如果我一直一直打电话，总会有谁听见吧？种种如果，火烧在心上，被自责所捆绑，以至于有一回面对他人反问五月这样把事情丢给我："你不生气吗？"脑际宛若被敲了一槌。愤怒？为什么愤怒？她这样抛下一切要去死？她这样把自己丢给我却又使我陷于无能之境？把我卷入了死，却又不知她是怎么死的？大白话，是啦，不知她怎么死深深折磨着我，整个死变成抽象大问，又难以将之尘封，我活着就难逃相关五月之追问。五月之死，什么是死？她怎么死？一旦我想往具象追究，难逃触电般碰到自己的无能，不是我能做什么，而是我没做什么？虽然一直喊着要死，其实她多么珍惜自己的死，如果有其他办法，有人可以拉住她，或许，是可以不死的。

兜圈子，还是回到了自责。我净兜圈子，忘记了什么该生气；我老惦记：没有人伸出援手。

最后的五月，已经不是我认识的五月，恐惧太黑，怨恨太多。我不完全清楚巴黎在那几天发生了什么事，只感觉到那些想尽办法围堵起来的工事已经溃堤，千里之遥，束手无策，我只愿望，拜托，不要有谁在这时轻易点燃一根烟，别按打火机。

我不明白她这桩爱情的始末，但隐约有种预感，拜托，别去，别去火线。

偏偏不是如此。最坏的结局发生了。

回音传到东京。海啸过后，原爆废墟。我不知道，在五月最后时刻,在巴黎的公寓里,到底发生了什么事。

可能是我不够勇敢,够了,我不想再知道了。

我只想祈求,再一次侥幸的配额,在几乎复制了整个太宰治《人间失格》的剧码之后,让好孩子五月至少也能像故事里那个小叶,死般睡上三昼夜,然后醒来痛哭:"我要回家。"

这个篇章故意以一种轻佻的语气开头,打算简写那段不愉快而空白的就诊过程,以及离开台北之后的生活。关于五月的叙述却在中间意外插进来,全是我不想提的:五月的偶像化,五月最后到底发生了什么事,以至于顾城也是不想提的,但统统都写了。我不得不承认,略过是不可能的。我总想把文字写得非关五月,不流露伤逝;在 DC 的椅子上,也总固执着要跳过五月,改以抽象的观念,无人物、无故事的方法,跟 DC 谈论自己,那如何可能呢?喜爱摄影的朋友告诉我,镜头是不会骗人的,被摄者带着什么心思,在镜头下无所遁形。写作也是,而且,有时候,它说出来的,比我们嘴里所能说出来的,多得太多。

千禧年迁居高雄,我是无期待的。领了 DC 的药,带着一种疗养的心思而来。M 那几年经常问我一个问题:"你想过成年后要过怎样的生活吗?"我总没认真回答,以为这就像小时候别人问你将来志愿是什么,只要随口搪塞过去就好了。我大约明白,M 之所以这样问,是想借此比对,在当下以及其后将来这些年，我们将拥有的生活方式与我内心愿望，存有怎样的差异，可是，我真没法好好回答，原来成年人不了解自己，没办法选择、安适于自己的路，才真正以随口搪塞的方式逃避了问题。

高雄生活之于我，是一段疾病与复育的记忆。它高楼林立，粗砺坦率。它市井喧嚣，热天午后却陷入死寂。我在这里与父母亲善，在这里结婚，窗明几净，风光明媚，一切都很对。除了偶而北上与 DC 会面，我足不出户，工作上每月快递送来成箱文件，那是关于世界各地的新书，但通常没有真正的内容而只是书封、书摘与书评，我以最快速度消化，揣测，上网到处搜寻资讯，然后翻译整理成更新的中文资料：建筑、艺术、科普、文学、商业、娱乐、医药、手工艺，无所不包，无可排斥，我活下来躬逢史前朋友预言的网路时代来临，明明蜗居斗室，却能穿山越海，地图上何其遥远的点，无所不去，一切看似皆在掌握之中，何其丰盛热闹，实则伸出手，张开掌心，什么也没有抓住。

台北。东京。高雄。什么大城市都是一样的，我只想生活在举目无亲的城市里，不仅人们不要认识我，就连城市景观也不要认得我，那些年我想要的就是陌生，一旦打破陌生，我就不知故事从何说起。我渐渐敏感于幸存这类字眼。提早离席的人，冻结在意气风发的瞬间，就连困境也是充满传奇的。留下来的人，幸福健康活着何等艰难。我在情绪迷宫里反反复复打转，那些年间，南迁北返搬家，每次整理行李，几个关于五月的纸箱总唯恐弄混而特意收在角落，等到最后自己开车载走，这既不容易说明又遗失不得的行李，大海漂流，没有方向指南，没有岛屿可以靠岸。

我掉落在一个大疑问里，可以理解五月为什么要把文稿交给我，关于文字密码，我们确实能彼此解读，那解读不全关系于知识，而更含带情感与历史，可我不能确定她除了要我收着这些，之外，还要我怎么做。

整理出书，这个简单，其他呢？作为一个作家，死得太早的五月，留下来的作品不能算多，要说她的心血、财产，恐怕没法略过那几大本日记，我揣测，如此规整写日记的青春五月，想过要出版吗？以她把日记撕下来，甚至整本日记送给情人的行为来看，她可能是愿意被阅读的，不过，如果她和我一样活下来，老熟到三四十岁的心境，往后还有更淡泊如水的年纪要来，她还会执意出版日记如此私密的体裁吗？

以我的本性，做这件事实在太难。所谓日记，倘若并非出于作家个人意志，而是经由他人之手，在作家身后，以史料或以作品面世，这类做法总令我心生不忍，不能同意；无论那其中写的是什么。我倾向于那些生前遗言毁掉所有手稿的作家：卡夫卡、钟理和，或者，简单借用一句大江健三郎的结论：烧掉才是正确的解答。

可我毕竟不是五月，我得回到她的位置上来想。我们是不同的人，有些倾向与态度，根本是南辕北辙，就像往昔我们修整自己以适应对方，我恐怕只能掐着自己的脖子去做五月可能会做的事。

我先是仿照编辑《遗书》的方式，给自己打足了气，整备了情绪，摊开笔记本，一个字一个字在键盘上打出来。瓢水大海，愚公移山，我很快精疲力竭，却只前进了几页。转到影印行去复印，不好劳驾他人，一页一页翻过去，影印机发出刺眼的光与热，我不由得想起，西川形容过编《海子诗全编》是"一个深入死亡与火焰的过程"。很长的时光里，我曾经非常恐惧触摸这些本子，简直像与死神的微笑面对面。我不得不变换自己来读日记，有时候像闪地雷那样跳着看，有时候麻木着看，编辑摘检，不带情感，有时心情低落而看，有时回忆纷杂而去翻找了看，总之看了很多很多次，有些段落几乎可以默背入心……

宛若一个自我疗愈的过程，五月日记不断提到诚实，我常想，诚实有这样难吗？不撒谎不就是诚实？我不觉得诚实会比撒谎更为困难。我没有对谁说了谎言，也没有谁可以叫我非说不可，之于世人我非常坦然，然而，为什么自己生活得这样困难？或许，撒谎固然不是诚实，沉默、逃避，恐怕也都称不上诚实。不管五月的原意是什么，带着这些文字走过十年光阴，宛若密语预言，让人时时去翻查比对，从无法靠近走到逐字阅读，从碎裂感受走到渐渐看出了故事的轮廓因果：到底发生了什么事情？怎么发生的？我必须说，很多事情从很久之前就在渐渐发生着，五月真的是受困很久很久了……

椅子

2000年
6月14日

　　张医师，很冒昧使用寄信的方式。我想，以您的专业大约足以预料，昨日谈话使我落入情绪坑洞，回忆使现今生活显得极不真实，仿佛两部各自上映的电影，以至于回程捷运上我必须借着涂写才能挽救这种陷溺。我这样写：像一个被打败的人。自己的表现完全出乎意料（就这一点来说，我是不是必须承认，疗程的确已经在开始了呢？），即便那是正确难免的，我毕竟难以承受喃喃自语或愈说愈多的姿态，那些经验说出口总让我觉得煽情，我知道煽情这个词很突兀，但这就是我所厌恶的感觉。对一个人谈论自己（的过往／故事／坑洞），我感觉很糟。（请容忍我以不规整的方式写这封信。）

　　当我最初听到J描述你的时候，我曾经有所犹豫，这个犹豫很两面，和我之前对同科医师的抗拒不同，我感到你是可信任的，但也正因为这个信任所以我不安。昨日你口中忽然说出

C（请允许我使用代号）的名字，我无疑是备受冲击的，如同初见面你提到了写作二字；它们比我的预想快太多了。坦白说，我一直不愿求助与我不想提起 C 有关，关于 C，后来在所谓文化圈成为话题是我始料未及的（我总是不够明白当下自己做了些什么事），我一点都不喜欢这种公众的煽情。我想过有无可能求助医师而不吐露私事？当你说出 C 的名字的时候，我处在一种抉择中，是要轻描淡写加以抵抗，离开，就此不再出现？抑或全盘交出？

7 月 11 日

何谓病识感。平静而无痊愈希望。这样的病是不会好的。原来那个我是治疗唤不回的。基于上述非原我的未来 V.S. 现今状况给他人造成的不快 V.S. 药物生活的灰白无意志，的确有一股静默的死之妄想，这妄想是否与药物有关？坐在 DC 对面的椅子上，一旦接近/回溯病/记忆的河流，心便躁乱。我得挺住，如水抗拒往下流，挺住不动。DC 问我什么是不动。

7 月 28 日

DC 提醒我：你好几次提到抽屉。那是什么？

总拒绝与 DC 说下去。自以为巧妙地走开。我不想动那些抽屉。

8月2日

　　在报上看郑义与大江健三郎书信,里头有句话是这样的:"你先要争取做成一个较好的人,然后也争取成为一个较好的作家。"

　　啊,要争取做成一个较好的人。

9月4日

　　我为它(写作这件事)和别人(外在)争吵,吵过之后,在心里又独自与它争吵。

9月17日

　　一团东西靠近,另一团东西就退开,如同乌云一大朵飘过来,吹跑了另一大朵,覆盖不同的天空,显露了不同的界域。

　　DC建议我想办法摘要过日子,留下点记录。现在不一定有用,放个三四年,再拿出来看,可能有所明白。

10月19日

　　阅读:长句子使我头晕。更棘手的是,倘若灵光一闪,我忽然看懂了那个句子,身体里哪个部分便像被鞭子狠狠抽了一下,痛苦极了。

11月3日

　　打开一本书,从右页第一行,慢慢移动,直到左页最后一行；字与字组成了句子，句子与句子又构成了段落；这些堆砌，这些排列，乖整静谧如绵羊成群依序走过。我想，它们必然有其内容要告诉我，但我往往只在几秒之间抓住了它，旋即又像棉絮般飘散掉了。

重来一次。把书页再翻回去，再重头看一遍。凝视每个字的长相，攀附每个句子的关联——不懂，还是不懂，没有反映出任何形象，一点情境也抓不着，没有兴致读下去，如失神的人在街上走路，什么景色也没有入眼。

打开一本空白笔记，写下第一个字，不是备忘，不是计算，不是抄写，不是涂鸦，看着自己写下的字迹显出丑陋，恨不得立刻撕去纸页，佯装什么也不曾写过，然而，面对白纸，那整页的空白又多么使人呼吸紧张。

夜晚，再一次独自练习，这是仅有自己知道的窘况，事实上，我已经整整一年无法阅读，无法写作了。

11月8日

分不清事件的大小，分不清必要的强弱。陷入。沉没。一直往下，或者，胡乱地打水，泼得四处湿答答，挣扎，旁人却不知道这个人发生了什么事，也许，只要这个人停下来，就一切止息了。

12月5日

舍不得毁弃，就毁弃吧。不要再用信仰这个词了。这个时代，"重"是不会得到理解，也不会自由的方法，"重"，只是一直落下去。

DC上回问："你的感受力跑哪里去了？"如果我没记错，这是他第二次问，我两次都答不出来。我不太了解此处"感受力"指的是什么，是指"情绪"？或是"感觉"？后者令我迷惑。噩梦主的话：感觉、感觉，你就是太多感觉了。

2001年
2月24日

如鱼在铁板上挣扎，用尽力气翻滚拍打，只想脱离当下的局面与限制……

最后一翻，绝望的，然后不再挣扎，一点点细微的动作都不要再有……

这该死的念头，是因为停药吗？去年夏天，每两个星期和DC谈一小时，那种密集对我当时的心神重组应该起了点作用，整个秋天，我自觉稳定，稳定到能够面对忽然接踵而来的生活变化，于是便在12月底自行停了药……

2月25日

念头来来去去，DC经常说这句话，我放下向来奉以为圭臬的自我认识而翻看宗教，宗教的中心意义十分不同，我还不确定自己能否降伏其中，把自己交出去。

一定要把自己交出去吗？我依旧有这样的疑惑不舍。这是同代人的我执。我总还想着，得把自己映照下来，即便只是这个交付／丧失过程中的自己，让映照带来平静，不致觉得孤单无依，不致只是我与生命的一场默默的交易。

3月7日

优美的空间，窗明几净，一切都很对，日子无穷无尽。

一切都指向终点，如果我不再寻求开始。

反复，日子还很长，无穷无尽，阳光很美，美好的玻璃世界。

高雄高楼很多，我恐怕是不习惯南方有这样多的高楼。高楼挤到尽头总有些雾的感觉，当然也有可能只是空气不好。站在阳台上看总觉得这城市陌生，眼见的尽头翻过去搞不好又是另一个世界。

4月3日

翻了之前的札记，发现一种从碎片到凝固的过程，重复着。

前阵子无疑是碎片满地了。这阵子时好时坏，有些物质在凝固中。

有时快乐正常得感觉生活可以这样清简规律何以不行，有时又绝望沮丧如人生四壁；高低变换使我疲惫，浪头过了，觉得上一刻的自己简直不可思议，何以能那样盲目快乐或固执绝望？停下来！暂停！这些指令有时有效，有时怎样也跨越不了。停不下来的反复：钻深，撞击，巨浪，爆点，废墟。

轻快（或所谓好）的时候，想自己该平静克服这个病的疯狗浪，让自己稳定思考，有欲望而努力；不好（重钝）的时候，便不想再受制于病的幻觉，它是一头想象的兽，若我不理会它，站起来兀自往前走，是不是它就会自惭形秽地消失？

5月15日

再度开始服药。3月情况稍平稳，很难说这是好或不好，去年用药有半年平静，平静是好的，但平静里到底带着自己往哪儿走，就难以断论。

不能安静下来写内心语言，就算安静也还需要更多的强悍。文字和我之间，划出一个彼此凝望的距离，亲爱的陌生人，如今我们只是知识上的交际，我当它是工具，它当我是汲汲营营的利用者，过往我们曾经那么亲近，如今佯装一切没有什么特别，没有对方的日子照样过，那些惊心动魄的倾诉与依存如今不要回头去找。

我独处，一点语言都没有，走来走去，不要停下来思考，（思考这个字此时指什么？）做零零碎碎的事，昏睡，或者挂在网上，像任何一个资讯焦虑症的人。

衰退，之前写的，心中的速度，完全停止了。

一个退场的选手，走过田径场边，一匹伤了腿的赛马，在寂静的马厩里。

5 月 25 日

谈话末了，DC 问我们谈话是否已经超过一年时间，我说应该是吧。我不很清楚自己在谈话中说出了什么，DC 说总是要经过一段不短的时间，才会说出重要的事情来。我说出了重要的事情吗？如果我说出了"重要"的事情，为什么我没有感觉呢？心理治疗似乎总要回溯童年与家庭，我抵抗，缺乏耐心而轻蔑地说：童年有这么重要吗？好像只是暴露多年的伤疤，除了暴露之际把衣袖掀开来的动作需要点决心之外，即便伸手去碰触伤疤也没有感觉到真血肉的痛苦。意外地，我的心情并没有什么动荡，甚至比不上我曾经因为 DC 说我在"兜圈子"而引发的悲伤无望。这真是奇怪极了。我以为离说出它们还很久，（我以为这一切我是不会再去重提了，不重要，我一直想，那不重要，每个人成长里不多多少少碰过这类经验吗？）孰料一张口就毫不留情地跨过去了（我跨过去了吗？跨过什么呢？）

所谓"说出来"到底是什么呢？它真正有意义？又为什么会产生意义呢？写作上讲书写是救赎，情欲血腥都可能是救赎，我一直不喜欢这些说法，救赎：救出，赎回；生命如此难以还原,为什么大家讲得这般轻易?

5月28日
　　和DC的治疗想过要结束。"我想停下来,"我如此对他描述,"我没法子再往前走。"
　　他不置可否,终了仍和我约定时间。这是他的答案吗?
　　那次描述中我说出了一锅汤的比喻。熬一锅汤,尽管试着并渐渐理解了每种材料的属性,材料与火候的关系,该融化的都融化了,就是有着什么不溶解,探头端详似乎怎么样都有几块石头在其中;这锅汤喝起来有点不一样,我和DC坐在餐桌上共食,各喝几口装作无事,佯装不知道是什么缘故造成这种不太对劲的滋味;事实上我知道是那几块石头的缘故。

6月13日
　　如果说时好时坏,现在是不是就是比较好的时候?能够坐在这里,自问自答,自己现在在什么状况?不要慌张,不要逃避,不要混过去;停下来;问自己状况如何?打算怎么过下去?让自己做到还能发问,虽然不一定有解答;就算有解答明天也可能全军覆没。比较坏的状况是不能问自己,一问就慌,一问就卡死。
　　当文字思绪流畅起来,太多内容像栅栏里的羊群聚拢着要冲出来,大好大坏的瞬间。无法写作,即是无力挺住大好大坏那瞬间。没有那思绪聚拢冲动的瞬间，不足以写出什么具有密度、神秘之物，但若挺不住，阵脚一慌，什么都散乱了，如风吹乱的残火，触着了就痛，却照不出一点光。

10月19日

阿粮：我好久没去台北了，之前电脑发生问题，许多存放于硬碟的记录，包括DC的电邮都消失了，就这样迟迟没有和医师联络，无礼地中断了，所谓咨商走到一个瓶颈，负面说法是害怕再往前走，正面说法则是内心可能需要一段反刍。

前几天看了《难以承受的告别》一书，讲自杀者亲友的心理适应（你看，我可以写出自杀这两个字了），长久以来，无论是别人对我带来的冲击，自己身心反应的莫名其妙，我都不很清楚到底发生了什么事，因此在看这本书的过程有许多被外界敲门的感觉，喔，原来可能是这样的。不过，昨日也在《荣格自传》里看到这样的话："每个医生都会碰上他无法期望治愈的病人，他只能为病人把通向死亡的道路弄得平整。"这，该怎么说呢。

11月4日

认同竟是重要有意义的。不得已这样发现。

下午出门去看牙医，回来路上买了面包和咖哩材料，现咖哩正在炉子上烧，其实日子不就是这样，为什么我们心中有怪兽蛰伏呢？

当脑子恢复清醒尚未被激情或绝望占据的时候，我大约还能分辨出自己的状况：无法安住于当下的生活与角色，一步一疑，怨憎四起，让自己和周遭的人都不精彩不快乐。

内心如此犹疑，一个忘不了创作的人，最重要的是能与自己共处吧，否则如何能够面对一张空白纸页召唤自己的内心？

12月28日

很难说药物与写作到底有无关系，但从结果来看，过去一年半，我确实没有能力启动自己的内心，也没法将注意力集中于可述说的事点之上，甚或我根本就察觉不到那些点。DC说过另一个画画的病人在服药状态下也完全无法创作；把自己类比成这样的例子虽然会轻松一点，但我疑心这其中存有推诿之词。

2002年
1月2日

过去一年显得非常之久，改变，莫大的冲击与适应，蜥蜴断尾般的痛苦，大约是这么一场事。

伤不伤神其次，尾巴现在似乎断得干净了。

好像已经离开台北来到高雄非常久了，事实上不过一年左右。

2月21日

　　整理东西的时候，几张相片掉出来，其中一张还好好地装在相框里，想来是当初搬离台北时，一起收进手提袋里的。

　　那是五月在东京拍的几张相片。就算实际目睹，我的时间感还是很混乱。竟有那么多年？我经常恍若昨日要不就是仍无实感。五月记忆到底什么时候开始在心内酿成伤害，直到此刻我仍不能看得清楚，不过，整个尖锐起来使我警觉到不能继续浸渍下去，大约只是这一年的事吧。

　　七年，怎么说都是一种停滞的感觉。生命转了一个弯，走上一个自身无法辨识、无法描述的方向。这方向，不管通向哪里，无论如何，总是与我们所曾经热诚、恳切放在心上的愿景或说辞十分不相同了。

3月16日

　　DC以那种对绝症病人说话的口吻，对我说："嗯，我看，你还是去找个必须出门的工作吧。"

　　这话冲击力很大，大得出乎意料。DC的重要性什么时候升高成世界最后一个人了？他给出这样的劝告，使我意识到穷途末路，感觉／想象加温得很快，像车子加速，一下子爆冲到顶——

4月1日

　　张医师，这个星期内，我记住了两个句子。一个是："忧郁之本质在于人遇到了自己。"另一个是电影 *Girl Interrupted* 的对白："疯狂是某一种内在被扩大了。"

　　"自我"，或者是，你说的"自我"，是什么呢？

　　"人格"是什么？类似这个句子："人格特质是一个人在与环境互动过程当中，对环境所表现出之持久稳定的想法与行为。"我看不懂，看不懂它指的是什么；为什么我看不懂呢？

　　电视剧里说："努力地生活"，这句话是什么意思？它确实存有一种真实简单的道理（常识）？抑或只不过是一句普通的话？当这句普通的话被普通地说出来的时候，难道多数人便能了解、便有共感了吗？你问过我能够生活吗？我的问题是：生活是什么？（请相信我，这问句并非出于骄傲，是我确实感到迷惑。）当我们说，生活中感到不快乐，感受的重点是在生活？还是在不快乐？我下午去看医生，晚上陪家人去逛百货公司，嘴上陪话，心里哀愁，然后此刻偷空爬到电脑前打这些叙述，这全是生活？还是这其中哪些部分是生活？

　　有一回你指出我一直在兜圈子。这句话使我挫折，哭得很伤心（现在我使用哭这个字眼，没有太复杂的意思）。上一次你叫我去找工作：任何一个可以出门，不待在书房里的工作。离开那张椅子之后，我哭得更伤心了，为什么因为你说出此话而有一种被宣判的感觉呢？

4月4日

失望？是我不够失望吗？才有这么多的犹豫，反复，拿不定主意。

柳美里《口红》里的对白："没有自信？我看你是太有自信了吧。如果真的没有自信，不是应该就会去相信那个相信你可以做到的人所说的话吗？"

这两天又发作了，发作是什么意思？我不喜欢这个词，也觉得这个词不是我想要说的意思；但要钻尖去找到所要的准确，描述所发生的事，那得生出何等力气抵挡漫空砸下的落石，整颗脑袋又晕又重，这就是想象的重量吗？停止，我只能停止，头晕目眩能抵达何处？现在该做的是想办法拨开暗帘走出来，不要追究字词，不要让想象带着走，不要走到那个四周景物都转成魔的世界——停止，停止——我用文字阻止想象，用文字冲净想象——这样说会矛盾吗？文字本是随着想象扩充，本该随着想象漂流，写作者追赶想象，追得愈急，写得愈多，而现在我却反其道而行？

5月18日

等到如今能够回头去看，才看出来在服用药物那一段期间，是如何确确实实地无法写作。药物与写作的关系不能以我个人例子去论断，但服药期间我的确抗拒写作这个实态，尽管念头里还眷恋着写这件事情，事实上，坐在电脑前，面对一页空白的纸，我就像失能的人。

5月19日

张医师，这阵子我记起一些事。这里所说的记起，大致类似这般景象：找到一个很久没看过的相本，打开来，看到以前自己的长相，一些事件的场景，以及当时身边人物的样子。

其中包含一些少年时代的记事。之前说忘记，事实上多多少少有点模糊印象，为了回忆的方便，我们以为事情"大概"是那个样子。可是，此刻我说"记起"，瞬间，事件与场景浮出来，大不相同于以前所排列的样序，使人惊讶纳闷，且那些过往景物正以冰冷严肃的样貌，视万物为刍狗的口气对你宣布："不，你记错了。"

这是真相还是幻觉？这种时候，我往往觉得脑子很清醒，但这种清醒所召唤而来的记忆／整理／结论，之于我，显得很陌生，它们是可信的吗？当这些记忆现身之际，它们如此清晰，有冷静的排他性。我并非亲眼见到幻觉，但这些新浮出来的记忆是真相吗？记忆和当下现实如此不同，如此没有联系，如果那些记忆确实那样存在过，那么，它们是被一种什么样的方式运作成为今天的现实？除了一味强迫扭转，我真看不出其他的可能。相对于现实，相对于我应该学着去理解并与之融洽相处的现实，这些如融冰浮升上来的记忆是真相还是幻觉？

5月30日

什么叫作画地自限？这不是太好听的话，有嘲笑人也有自嘲的。

渐渐我感觉到有些界限确实难以举步跨越，虽然只是一步，但这一步跨不过去，往往就永远是个局外人。

界限虽说是自己画的，但或许就因为是自己画的，所以更难跨过。

6月2日

和DC碰面的那个下午，我想我看起来应该还不错，天气晴，有阳光。

DC所坐的那张椅子，后方有一扇窗，从那儿金黄色的阳光晒进来，细尘翻飞，让人想困，然而，医院内外人群的焦急与彷徨就在我们四周徘徊。我总不由自主地看着那阳光，有一次，他问了我关于"蒸发"这个日语汉词的意思（那几乎是两年前的事了），又有一次他问了我东京生活，我望着那阳光想了很久不知道从哪儿开始回答，以至于后来每逢这样的天气，看到那扇窗户与阳光，我便联想起东京印象。

有几次，DC也许注意到我一直看着阳光，或是他自己也被阳光打扰了，他站起来把窗帘放下，房内那些不安的气氛便因而沉淀下来；那样的片刻，我静想：到底因为什么我来到这个地方？这张椅子，之前有多少人曾经坐下来？我们在进行着什么仪式？我们要往哪里去？

那天，我以明朗口气主动谈了母亲节的不愉快，接而比较详细说了童年某段记忆。整个说话过程，我隐隐约约觉得我得走上那个点，迟疑了几次，绕过，接近，再绕过，直到有人在治疗室外敲门。

我惊觉时间已到，DC转头看看时钟，安抚我："还好，这钟走快了，再说，她也早到了。"那时刻，我的感觉是：如果今天我没说出口，下次应该不会再有机会让我觉得应该说出口，再者，如果我想要在一种不凝重也不悲伤的景况下，轻描淡写提到那些事，不就是现在吗？然后，我便提到该提的那个点，那些记忆。

我说得很简短，时钟的指针，门外等候的人，恰恰督促我说得简短。有种怪异感觉，如同把一只巨大动物压挤进一个小盒子里，我匆匆讲完，过于残酷丑陋的字眼还说不出口。夏日黄昏，天外光线还很亮。

DC简短地说："嗯，有些东西，就是要经过一点时间。"

我记不清楚除此之外他还说了什么，只记得要推门出去之前，我在门后擦了擦眼角，有点湿润，但似乎又不是眼泪。它和之前我和DC谈到悲伤而忍不住流泪的感觉完全不同，我似乎并不感到悲伤，眼角那抹湿意，像一种"身外之物"，我不知道那是什么。

6月9日

继续噩梦。继续的意思是,它已经持续了几天,一个星期。与DC谈过话,当下并没有什么实感侵袭我,大约一个星期后,开始做梦,与其说噩梦,毋宁是一些怪梦,梦里景象残酷怪异,若非遥远历史事件,就是虐杀现场,跟(曾经经历过的)现实生活并无关联。梦中气氛冷静,即便有惊恐,那惊恐也似乎是冰冻／隔离的。

这是所谓自传性的梦吗?一般治疗室的谈话周期是两周。过去一两年经验,我多少体会到某些无法描述清楚的情绪,的确在第二周最为现形。这周同时受着各种疼痛侵扰,来袭方式与密度,简直回到挂诊初期。去年秋天停药,今年渐能重拾文字,无奈的是春天以后,疼痛卷土重来。这让人丧气。

借由药物与外力,梳理生命眉目,事情或许变得简单一些,但简单却更内在难解,因为,这就只是我一个人的事。生命故事固然有很多角色,但现在只剩我一人独自面对,角色们若非不在,就是谁也不愿重提往事,遗忘、健忘、毫无知觉大有人在,我所见山之阴天之低,就只是我一人的地域／地狱。散戏多时的舞台,大家早就走了,我自己不能收拾好,不能轻松活泼走向另一码剧,就只是我自己一个人的事。

6月13日

恍惚。回神过来不能理解如何走到这里,那个对生命能够感到欢笑、气恼，同时等待故事开始的人呢？变成了什么？是走远了还是用尽了？眼前是谁？是我自己？我自己这三个字到底是什么意思？

我不喜欢惊叹号，也不喜欢问号，但现在，看看，我使用了多少问号。

眼前生活安定，具体，为什么仍有一种召唤，想回到那个迷失的起点；并非奢想重来一次，而是想回到那里，心平气和对谁（如果有神，如果有命运）请求，让我们停在这里；或者，让我们回去起点，不要开始，不要往前走。

明明死亡这样无情，耽溺激情／悲剧的人终会在死亡现场被震栗逃跑，为什么在直触心底的感受之中，死亡又伸出温暖而包容的手呢？这是媚惑吧？森林里的妖魔之歌……

生命往前走，不要往回看。往前走，前面会有什么？DC建议我去找工作的那天，我问他，我要去找什么工作？DC耸耸肩膀，没有回答我。

6月16日

接受不写的决定，一部分事实是我写不出来：我依旧不愿意写自己的事。至于其他题目，总隔着一个遥远的距离，激不起情热足以完成。写作中途，我总疑心这样叙述这些感受是否值得描述，或仅仅只是老调重弹。除了写札记，我找不到关乎自己而可以继续写下去的方式。

6月25日

21日我们谈到药物与写作（考量卷土重来的身心困扰，DC希望我再继续服用药物，但我仍有所抗拒），提到这阵子的书写可能就是身心不适的隐因。

"你都在写些什么？"DC这样问。这是个好问题，但我没有给出清楚的回答。为什么不清楚呢？一是我不明白DC意指什么（我通常不懂此类问题），他想要知道什么？二是我不知道哪一种"写"是可交代的。是写着哪一部预计完成的作品，像画布上有个预想描绘的图样，或是如我此刻这般以文字为私语，足以对外称之为书写吗？

我把在去程火车上所读《盲眼刺客》中的一句话转述给DC："现在这个我是当时那个她的结果。"

他很迅速地点了头，我想他完全知道这句话的意思；过去、现在，坐在这张椅子上的许多人，或许都说过了类似的话。

7月1日

Dear J, 高雄生活压抑一事无成感觉太糟，前阵子恰有人找我谈工作，就在我以为这事可行，只差把自己推出去的时候，这两天爸爸身上切出了癌细胞，目前静待进一步检查。这个消息令我很沮丧，一是爸爸对我而言极为重要，二是我正为妈妈的健康情况渐趋稳定而偷偷喘一口气的时候，无预警再次收到消息，慌了手脚之外，未免涌上疲惫挫折之感。

生命中的事情，它们到底是怎么发生的呢？是无秩序地各自发生，还是真有什么模式与意义呢？是我们自己主观解释让事情看起来变成那个样子，还是因为我们老这样想所以事情就总是这样发生呢？

　　无论如何，此类事件把我踢回深谷，往上看，还有那么一段远路才能爬得出去……

　　这封信显然写得负面极了，我必须承认经过DC的"教导"，渐渐懂得找人倾诉，当我们困于情绪的低谷，他那温和而沉稳的态度确实是能让人感到歇息的……

10月31日

　　之前札记写了许多父亲生病的事项，接二连三的转折、纠葛，以及适应不过来的情绪。在事情稍稍平静的这几周，可能是一种逃避，不愿打开同一份笔记，继续写下去。

　　回想这段经历不免还是会招来混乱痛苦，又不能若无其事拥抱生活；我想我只是在停止自己的感觉。我渐渐已经不能够在情绪激烈赤裸的时候使用文字了，原因之一固然是我开始懂得检讨情绪，分得出深刻与耽溺的差别，所以，有些时候，写未必有用，甚至更糟，把自己写成一幅榨尽的酒粕模样，要如何面对现实撑持下去呢？人人都那么暴躁。另一类原因是，那种状况下，我的脑筋若非早已全面空洞也是一片混乱了。我必须等待，不管这等待的结果是慢慢理出了头绪，能够简洁有义地加以述说，抑或我只是被时间无意义地解决掉，丢三落四、避重就轻地，忘了。无论是哪一方，我都得等，只能等。

11月10日

过几天将与DC会面。过去这几个月，发生了许多重大的事情，从DC那张椅子离开之后，经历了许多事件，导致我对与DC碰面感到焦虑。

我到底在想什么？应该想吗？想导致焦虑难安？或者，因为焦虑又来造乱，所以不能平静稳定地思想？

11月19日

与DC碰面的时候，我笑了，故作轻松问他："我看起来还好吧？"

似乎有那么一点诧异于我没头没脑的开场白，DC回了个微笑，还是一样没说什么，等待我自己去解释这个问句，为什么要问这个问题。

前一天，和多年不见的朋友S碰面，我们谈到职业选择。她对写作的想象毕竟是浪漫而不切实际的，同时，她认为我应该去兼课教书。我轻描淡写转开：我不喜欢对着一堆人说话。已经变得无比理性且实事求是的S进一步推演：如果衡量过后认为这是一个比较好的决定，那么就应该去克服周边的技术问题。我微笑接受建议，没有再解释下去。

或是因为上述事项，我对 DC 问出了我是否看起来还好，是否应该走出去就职等说法。我说了一些话，一边说一边意识到自己推诿的其实不是职业本身，而是其他。我胡乱来回说着，（不就是 DC 讲过的兜圈子吗？）就是说不出口那些难言心事，直到他听懂又像没听懂似的，问了一个简单的句子："如果要你去教书，你会觉得很勉强吗？"

"勉强"这个字忽然使我极端难受，我动情脱口而出："我能跟你说勉强吗？这不就是我现在无法判别的问题吗？我能相信自己吗？"这之后眼泪就忽然涌出来，我们忽然就到了一个转弯点，忽然清楚探见了一些秘密的伤口，忽然就将一些分散的情绪弱点联系起来了。

12 月 2 日

DC 在自己的知识幻界里治疗许多比他更处在幻界的人，但他知道现实，或者他知道有必要知道的。他经常说："你知道，这就是我们所处的这个社会不够文明的地方。"这种话，别人说起来，可能会有点傲慢的态度，但 DC 看起来只是无奈地说了这样一句话而已。

近来几次，我注意到 DC 看起来轻松多了。我本以为是时间久了渐渐熟识，但会不会是因为我自己好多了，所以相对看 DC，也就觉得他愉快多了？

12月10日

上个月我对DC说:"你这样忙,我是不是不须再来了?"之前我也提过一次,那是在关系毫无进展之前。这是我第二次主动问及是不是到了应结束的时候。使我意外的是,这一次,他回答得很快,甚至是打断了我吞吞吐吐的句子:"嗯,我看你还是每个月出门一趟比较好,比较……"他笑一笑,像是故意要说得让我发笑:"有益身心。"

2003年
1月11日

仿佛有一个"自我"在浮出来,让自己画一点界限,过得好一点,随性放纵一点。在物质上,在关系上,在心灵上,倘若能够管理自己,自我感觉很干净,自我形象够清楚,便能够清楚而明白地说出口:我很好,谢谢你们的关心;我很好,不管这是不是你们希望的方式,但我很好,请你们相信。

好像做了一个很长很长的梦,有正在醒来的感觉,但还没有完全睁开眼睛,还不知道梦与清醒的景象有多少差别。我告诉自己,不要预设,不要猜想,更不要期待。预设与猜想容易跌进另一个梦。我得练习,醒来会是什么感觉,醒来会看见什么,如何继续保持清醒地活下去,不要因为无知或挫折再度掉入一个梦中。

1月27日

　　没有生活，就没有写作，这句话可以有很多种诠释，以很多不同的作家与作品来解释。现在，我指的是，一种实际经受人生而以身心理解了人的变化，以及人生的各种形式之后，一种渐渐能够抽离自身，但又贴身清楚知道那内头所混杂的是非、无奈、动人之处；心之不忍，因而想写，为了安魂，为了澄清；之于我，这的确是没有生活，就没有写作。

4月1日

　　多事之春，紊乱的时代。战争，SARS。不明之敌，杀手，天谴。美伊战争已经走入情绪对立，战事初期还努力保有的一点乐观、一些人性，接下来恐怕都将消耗掉，战争终不可避免要露出残酷、无情的面貌，更多无辜的生命将因之牺牲。

　　再如何尽力在这样的气氛中若无其事过下去，往乐观处设想，今晚毕竟还是被一个突来的消息重击而倒。晚上九点多，我正在书房和J讲电话，M走过来，脸上表情显得十分怪异，怪异到我必须把电话停下来，问他发生了什么事。

　　他说到张国荣的名字，我一下子还不能会意过来这名字和他凝重的表情有何关系。接着他说到自杀两字。我习惯、防御性地抱着侥幸想，好吧，又闹自杀了。结果呢？"死了。"啊？死了。就这样死了？

　　整个消息来得太突然，事情毫无余地就成了死亡的结局。

什么都不要再说，说什么都没有用，死亡发生，一秒之前、之后世界就是不同了；这些感觉震动了我。我当然敏感到是什么东西被震动了，但在方才的几个小时之内，在犹豫许久才打开这日记档案之前，并不怎么多想这件事，如局外人般地把头转开了。

直到刚才我在电视里具体看到了画面，运载着张的遗体的黄色车厢，事件过去了几个小时，我想很多人和我一样，在慢慢接受这件事，接而，他们或许会有诸多疑问浮出来，但我却没有一丝疑问。再多的说法，再多的揣测，写得再多的遗书，自杀仍然只是那一瞬间的事——现在的我很快跳到结论：自杀是一瞬间的事，所有的自杀都是相同的。

我必须承认，张国荣的自死，触动了当年面对五月死亡的记忆，这触动很真实，七八年来，似乎不曾感到如此失神，又如此理解，死亡前可能是什么事，死亡是何种光景。我很冷静，心底泛起一股孤独哀伤，怀疑自己是否足以承受这哀伤而隐隐地想要逃开。张的形象某一程度让我联想五月，他们的苦恼或许也有那么一丝相同之处。我想象五月若还活着看到这样的消息，大约会痛哭失声，影视娱乐人物，作为一个时代标记，跟着张国荣一起丧失的东西有太多太多了。

到了这样的一个景况：渐渐觉得身边人事在凋零，有往前的，但也总有阵亡败退的。有人不走了，他们曾是这队伍中与自己志同道合、同甘共苦的同伴，他们选择不再前进、不再忍受,他们脱落、自死,彻底与我们这寻找水源的沙漠队伍脱离,我们如何舍不得,却还是必须丢下他,抹抹眼泪,孤独地往前走。

4月2日

阿粮,好像这么多年已经养成习惯了,有话想跟你说还是透过email而不擅长拨手机,谢谢你三不五时拨电话来聊聊天,我想若非还有这些实际的对话,我对你身在台湾这件事一定更没有实感。

这两天张国荣跳楼的事情使我情绪有所震动,使我又从现实生活的轨道逸脱出去。该怎么说呢?我很难过,或许因为张国荣是那种我看了会感觉到痛苦的人,也或许是这突然的／不留余地的／自死行为,撞击了我心里某些连自己也不清楚其面貌的伤痕。

这几年人事凋零变化,让人感觉灯一盏一盏熄灭了,抑或生命本就如此,队伍终究会渐次走到有人退出／有人阵亡／有人被俘虏的境地,然而队伍是不会停下来的,我们被迫与这些曾经同甘共苦的同伴告别,继续,继续,往前跋涉。

请你与我一同坚持下去,虽然这话听起来很怪,虽然我们的人生交集其实很少,但在生命的队伍里,你实在是可亲的同伴。

前几天去看《时时刻刻》的电影版,奇怪从头到尾我并没有太多感动，可能是因为这些演出与我在书中所感受到的有所差距，不小的差距，因而就只是一部戏而已。令我动容处仅在那个备受折磨的艾滋病患查理坐在窗台上，冷静地／友爱地／说完了话："我想不出还有谁能比我们俩更快乐。"然后，轻飘飘地从窗台上坠了下去……

为什么这类场景就是不能停止发生呢？

写到这里，我忽然知道张国荣的死为何使我难过了。

这封信本来该是一封彼此安慰的信，但恐怕我把它写糟了。

4月20日

装修细节耗尽心力。除了审美与经济的裁量，联络厂商，监工，买物，比价，全是赤裸裸要去与现实比腕力的事情，现阶段的我明显无法轻松处理，过度在意且焦虑，仅仅是一块选坏的瓷砖，就可以把我打入情绪深渊。

疲惫与诸事不顺的沮丧感和回忆互相渗透，让人掉进深渊，尽管眼前当下已过了炽热时分，尽管身边景物渐渐停缓下来，甚至露出了美丽和谐的表面，但有时候，心灵与躯体就是无可挽救地坠落而下，这种时刻人也许与所谓自我非常接近，但也是最危险的时候了。

在那种时刻，看看自己长什么样子，看看自己心里其实有什么，没有什么？看看那些联系在身上，以为已经很繁复、够牢靠的各种关系，各种联络与责任，到底有没有像维他命、营养剂那样具体强化我们的生命？为什么总是有那样一个挥之不去，然而也看不清楚面貌的朋友、故象、谜样之声，始终徘徊在我身边呢？它又来到我的身边，是要告诉我，我并不孤独，它永远与我存在，甚至它就是我吗？抑或它只是一些等候机会袭击我的东西，是身外物，是物质而伪以抽象，混合着那些艺术的理解，诱惑我，使我混乱，无法分辨，所以我应该努力将这个总要袭击我的物种、菌体（无论透过医药与思想调整），从我身边驱赶、放逐出去？

在分辨这些情绪的当下，有时能撑持着写下去，但更多时候只是凿一个小小风口，得以舒一口气，安定下来，然后收笔，不再写下去。

理不清楚的沮丧与绝望，它们或会暂时离开，但不久就又会再度造访，我知道了它的节奏，心灵知道了如何逃躲悲哀，这是否慢慢使人生出惰性，习惯惰性，甚至就以惰性生活着。

写下去？还是停止？两者择一。写，难以抉择的行为，我知道，在绝望的折磨中，我总会写出一些文字来，然而，在这种写中，绝望的折磨又是何等无助；我毕竟恐惧，我已经开始知道要恐惧，要让这些折磨侵蚀到什么地步，我必须要警醒，界限在哪里？那是一些我已经渐渐明白而还不能对他人说明的界限。

5月9日

与DC的约原在下周五，上次谈话凿出了一个小小缺口，有些东西会在后续时间涌上我的心头，在脑子里打滚几翻，慢慢显现出它们的形貌来。在这种状况中，我理解到治疗室里的谈话为什么是半个月的区隔，不是一个星期，也不该是一个月。

然而，看样子我下周五是无法见到DC的，SARS情势仍然没有控制住。

那个小小缺口，水往上涌，而后变得浑浊，进而蒸发，然后，那个通往我所不明白，所被强迫遗忘的内心世界的入口，便又不见了。

这几天，依旧有一波一波浪潮涌来，有几下我会被打醒，忽然明白了什么，但那瞬间总是激烈的，若非极度绝望，或极度清醒勇敢，便不足以在那当下把握住，不足以用文字将自己的明白写下来。

DC上次要我想想tender和passion这两个字。关于前者，那天走出医院的时候，我就微微懂了，最近愈发明白，不过，后者我仍然没有线索，不知道他提示的方向是往哪里走。

Tender，DC举例说，手牵手去散步是一种。我脑中闪过关于凝视或对望。这是前者吗？或根本已是后者？Tender，在青色的回忆里，它的关系词有亲密、信任、纯洁、信仰，这些后来都发生了问题，也可以这么说，都毁坏了。

我已经很久没有凝视过一个人，更不曾因之感到情感。以正面的、充满愿望、自我感情地，望着一个人，这件事，（这是 tender 还是 passion？）想起来已经是非常非常久之前的事。至今我仍能清楚知道那样一种时刻，人是处在一种什么样的状态。关于情感，这是我所知最深密也最简单的事了。

凝视一个人，浑身都是情感，在那种状态中，人与人的对话、行为，似乎都是溢满出来的，甚至行为并不足以包裹承载那些情感，以至于我们还眷恋地凝视对方，不舍得闭上眼睛，即便是性，在那种状态中，所能表现，所能握住的，也只是一点点，大海里的一滴水。

5月22日

王安忆擅长写人写细节。昨看旧作《我爱比尔》，要说这书重点是爱情或性爱，我都有那么一丝不以为然。应该还是关于艺术启蒙，和《小说家的十三堂课》某一程度竟可对照着看。关于艺术是什么，王总不会说一个简短定义，她总是以靠近，用排除法或暗示：应该是这样，也许应该是那样。

之于现在的我，读王安忆，看她把思考的网愈织愈大，一会儿外延、一会儿内缩，忙碌个不停的时候，心里会替她提着一股紧张：这网怎么能撑得住？看她文字之间的平静与混乱，收了又放，放了又收，不断往里挖，又还能抽身出来，这种操作文字的野心、节制、均衡，使我感到安慰，使我感到，啊，这是可能的，我是有可能平静下来的，而文学，平静下来之后还有那么多可能——

6月7日

　　"世纪之初的青年有一种童真的、盲目的激情。死亡也许是有诱惑力的，能够遭逢为之一死的激情是幸运的。然而我们却是未老先衰。时代是如此地荒凉，没有值得为之一死的人，没有值得为之一死的激情。只好活着、看着，也许终其一生仍旧只有满目萧瑟。"

　　"也许每一个人的内心都是不可测度的深渊，但是大多数人情愿将其掩埋于日常生活的表面。执意地探究真相恰恰可能把生活毁掉。"

　　"关于那几年的记忆是荒凉的，一年又一年地过去，就像一片又一片枯叶从树上落下，这一年与那一年没有什么区别。我再见到她的时候，觉得她没有什么变化，没有进步，也没有退步。甚至连容貌也没有变化。"

　　大陆作家潘婧《抒情年代》中的一些句子。这不是一本写得很完美的作品，但确定是一部个性强烈的作品。

6月10日

　　出门又开始变得困难。话愈说愈少。无法对身边的人形容自己的处境。把路封堵起来。密酿。有活力时相信自己还好，若忧郁来袭，在这密酿之中毕竟是不行的。一直往下落，探底。

什么指标在这里都失去轻重。

某些时刻，忽然生出愤怒，这还有救，找到一个洞口喊叫也好。倘若能对从来只感觉到伤害、想要逃避的对象生出愤怒，那就太好了，压力的磅秤可以忽然减掉好几公斤。

暴浪又在蠢蠢欲动。情绪开始反映于身体。耳痛。头昏。这真可恨。这如何写下去呢？如果好不容易调适稳定来到了这个阶段，足以写，敲一敲脑中的门，它们引我穿过满目疮痍的前厅，"真是不好意思，还来不及整理呢。"这是谁的声音？我默默地，心里鼓起勇气，往内走去，"就从这里先开始吧，请先在这儿坐一下。"这是什么神秘招呼？我探了探内室大概，模糊辨识出一些可见的轮廓，拾起一些碎片，然后在碎片中想起了一些故事。我模仿一个外来的访客，与那神秘之声聊着一些掺有傲慢与讽刺的回忆，不过是应酬叙叙旧罢了——我如此想着，如此危险写起一些浮光片影的少年回忆来——然后开始头昏，房子轻轻缓缓地摇动：像摇篮似的，果真就是这样的形容词。

要继续下去吗？眼前的通道，走着走着就更往里头去了。那些空间里，有着我后来完全想不起来的事件与人物。所谓童年，生命的起源，为什么这段记忆都没有了呢？如同一个礼貌的客人，我在那个接近的内室里，往后探了几眼，捞到一些稀薄的影像、事件，然而也总是消退得很快。头晕得愈来愈频繁，夜且有梦，隐约知道人生从哪里开始不快乐，不过，在清醒的边缘，这些暗示像魔术般地消失了。DC 说过一个关键词：自传性的梦。我似乎慢慢进化到了想要知道一些秘密的阶段，手执微弱火把，鼓起勇气，独自一个人，往密室黑洞中走去。

6 月 11 日

慢下来。停下来。无指向的焦虑是没有用的。无目标的妄动也是没有用的。

有一些时候，你惊讶世界如许之大，然而有一些时候，你则必须要知道，世界很小。在大之中如何确定那个小，这就是问题了。需要理性与稳定。需要清楚自我。

6 月 12 日

终于出门去了旅行社，换新护照与申请签证。我仍不确定自己何时会去东京。之前振作起来的，6 月底回驹场拿博士入学说明书的念头，已被我彻底取消。回不去的。总不对人提起东京事情，别人问起也不愿多谈，甚至心生反感，这种情绪面对家人朋友尤为强烈，他们若主动对人介绍我在东京念过书，我便难免愤怒，问我日语或日本事情，我也无法表现得和颜悦色；这一直是他们难以了解的。直到去年，我总算把话说出来了：请不要再跟我提东京的事，就当我没去过东京。这对我来讲是个失败，请别把它当一个漂亮经历来讲，真是够了。我想我内心的景观差不多就是这样了。

6月17日

　　胃像一个老是发馊水的容器，无法往外倒，也无法往下流，就馊在那里。没去看医生。我已厌倦照胃镜。理性医疗制度的各种检查，追根究底，是为了病历、说明与结案，但那些理性范围所无法控管的呢？医疗人员总说：放轻松。然后，他们上仪器，让你把嘴巴张开，坚硬的管子，冰冷的金属，蓝光，哔声，震动，检查师关上门出去，把你留在一个充满机器与危险感觉的空间里。

　　浪一波波打过来。站起来，沉下去。老说不知接下来人生怎么走，这类话连我自己都感到厌倦。没有人会相信这句话之中有那么无边无际一片海，人如此现实怎么会抓不着东西浮起来。愈陷愈深。一个人愈陷愈深。想发出喊声。满满的羞耻感。自尊。我不想别人以为我在说谎。甚至我倾向判断我是真的在说谎。这里不对，那里没有反应。身体到处不舒服，真是烦死了。

6月18日

　　顿挫。关于生活秩序建立。DC 很久以前问过我，你认为你会生活吗？这个"生活"指的是什么？Everyday life？搭车，用餐，上班，运动，购物，交朋友，固定一些轮轴，不会因混乱而无法转动，也不会在转动中发生混乱问题，这是怎么做到的？这是技术问题，还是心灵问题？

写作未必痛苦，写作生活则多半痛苦。写作招致心灵不稳但同时又得稳住，继续生活，不休止的拉锯。

7月12日

德国，斯图加特。

再过半小时，搭十一点钟的快车去巴黎。

六个小时的车程上，总该打开巴黎的旅游书来读一读吧。

我想过，总有一天会去巴黎，也想过很多种可能，什么时候去，什么样的状况下去，就是没想过一个人去，我不以为自己已经到了可以去巴黎的心境。谁知由于一些阴错阳差，与朋友行程的出入，以至于我竟然要一个人在巴黎待上一周。

两个礼拜前，我待在德国朋友家，散步做菜聊天的普通生活，排了几个出游地点，南北德各跑一跑，若非朋友邀约去罗亚尔河，我并不特别想去就在隔壁的法国。

此刻，我已在前往巴黎的车上。相对于他人频繁问我五月住址，我手边根本没有注记五月讯息，此行也没有把五月当年的发信住址带在身上。这是一种抗拒吗？我在抗拒什么？我还会有其他机会吗？我不去巴黎，不特意要去，那样做，对我是太残酷也太矫情了。去追访、亲眼目睹那些地点对我会有什么疗愈？我心中关于五月的记忆还需要更多的增补吗？

此刻我心中关于巴黎，除了一般最随便的印象之外，再无其他。车子跑得很快，越过了边境，这些南方车站看起来如此美丽，我是一个斑驳而不诚实的人，诚实不可胜受，作态又没有办法，因此没有感觉，原谅我吧。

8月20日

张医师，我已经回到台湾了，不知道接下来这个秋天，你是否依然抽出时间与我碰面？我先擅自选了一个日期：9月19日，下午四点钟。如果这个时间不行，前后一周亦可。等候回音。

8月21日

在慕尼黑的黄色天空下，看Y的书，其中有此一句：是写作，不是谈写作。

Y问我：你的认同是什么？

Y总能清楚介绍自己：我在写作；我是个写作的人。相对我完全没有办法对人说出写作两个字。她认为我应该继续发表，重点不在曝光或知名度，而是没有发表这一步骤，"整件事好像没有做完。"再者，她认为我该回复以本名发表文章，这个建议使我想起前阵子一位资深编辑用前辈口吻婉转提点我："一定要躲在笔名后头吗？"Y的说法则是："这当然与你的认同问题有关。"

8月23日

中午抱着一碗面，坐在沙发上转电视，断断续续，吃完那碗面。

这一路经历过来的，眼前的，愈来愈孤独了。

上一次，DC笑着说："你的意思是说，这一两年你感觉到转变了？"

我没说话，我不确定。

"那么，现在，你对过去有什么看法？"他又说。

"你问的是整体的过去，还是我个人的过去？"我回应。

"后者。"

我以为我会迟疑很久。但似乎只是两三秒钟，有一个词从我嘴边滑出来："破碎。"

"破碎？"

"破碎。"我再重复一遍，"经验的，脑袋里的，都破碎掉了。"

与人说心事，或许感觉稍不孤独，然而那当下所讲述的自己，是真实的吗？那是我们所能意识，再经过层层自我判断／解释之后，所架起来的一幅骨架：我认为我应该是这样子／那样子的。可是，许多时候，我怀疑自己，怀疑自己摇摇晃晃努力撑起来这套说辞景象中存有种种疏松，不堪一击之处。

自己与自己的心，是不能过于接近的。我得学着以一个友善的、陌生人的眼光，观看、猜测自己的内心到底是什么、表现了什么、隐藏了什么？

连自我也不足以亲密了，这真是孤独。我必须时时提醒自己，自我是不可耽溺、宠护的。

"怀疑自我"，使脚下失去立足点。

"自我碎了",许多时候这就是我的感觉。

我原以为人本来就该探索自己的内心,很长一段时间我以为自己是乐于探索自我的人,然这几年门诊/治疗室一路走来,体会到一种新的经验:探索自己的内心,竟是十分孤独的事。

之于我现在的生命状态,写作值得什么?为什么还要试着写下去?我想了再想,说出来的都是一样的答案。(这代表答案是可信的吗?)如今,写作也是破碎的,但那或许正是当下自我忠实的映照:各个面向零零落落有些情节,有些看法,然而它们还没被组架起来。

8月28日

残酷记忆,如海浪涌上来,退去之际留下一些线索、一些迹象。

像抓一尾下意识根本不想触摸、黏溜滑腻的鱼,得鼓起勇气,忍住恶心,触碰它的尾巴还需要一点力气,不能因为软弱而松手,拉起来,一鼓作气拉起来,才能看清楚整尾鱼长什么样子。

在日记里,凭着一点朦光,逼自己把一些残酷经验,写出来,不成文章地写下来。说不清是人追着记忆跑,还是记忆追着人跑。文字留下对决的痕迹。某些线索被追拉出来,带出一段时间、一些情节,自己与他人的模样。

逼着写很残酷。痛苦之后,站起来,发现自己还活着。时间还在继续。日子没有震动。如果关掉这个档案,一切可以像什么也没发生过。

这就是言说／治疗室所要走的路吗?

9月20日

阴天。人群来来往往的信义路永康街口,圣玛莉,等人。

1987年,初来台北,圣玛莉就已经在这里了,还有当年的高记,大学时代由法学院步行穿越此区回到温州街,以及后来常去景美的日子。

早晨醒早。雨已停。秋天来了。

无防备地触感到时间的过去。心灵重量往某一端急速倾斜,险险不可胜受。人生天真,而后坠落,然后失去了许多。

那天 DC 不断追问我"破碎"意指为何。

M 以前也经常问:你理想中的人生是怎样的?我以为这是个人云亦云的样本问题。

如今渐渐明白,人生原来我也是有预期的。

——破碎。道出此情使人难堪,仿佛连最后一丝自尊也得暂时舍下。

到此地步,即便感悟好不容易化暗为明,心平气和承认原来如此,但这种时候往往也已经没有可与之相谈这份破碎的友人／同行者,唯孤独理解而已。

9月结束,我要去工作了,DC 说的一个可以出门的工作。

先生 せんせい

十年之后，我在网路上搜寻 S 先生的踪迹，事实上，我几乎已经无法记起他的全名，但他坐在长沙发里，不怎么严肃也不亲切，不像个师长而仿佛另有所思的人的形象，一直还留在我的脑海里。

"你确定有必要这样做吗？" S 先生说，"你认为研究与创作会相互冲突吗？"

"对我而言，有一点。"

"很多事情其实是共通的。"

"我知道。我一点都不反对。"我大胆反问，"但这其中总有顺序之分，不是吗？"

"正是如此。" S 先生抓到话题的重点，速度变得明快，"我的建议正是，顺序上，你可以先成为一名学者，再去成为一个创作者。"

"我之所以谈到顺序；如果有顺序——"我显得语无伦次，仿佛抓到了重点，但又找不到词汇将之说得简洁有力。我停住，

S先生看着我，等待我的回答。

"若以顺序来说，我的想法却是，先成为一名创作者，再去成为一位学者；这正是此刻我的问题。"

S先生沉默了。研究室内的空气变得有点凝重。我自知说了十分率性的话。恐怕这几年来，我从来没有说过这么率性的话，就连对自己也不曾说得如此明白。

但这些话是正确的吗？我不知道。S先生嘴角浮上一抹不明的笑意。我猜不准他是赞成还是反对？是嘲笑还是有所鼓励？这个疑惑，即便十几年后我依旧没有解开，也没有机会向他求证。记忆里，接下来的时间，我们陷在一片沉默里。

S先生是个研究鲁迅的学者，但我们从来没有谈到过鲁迅。可以说，我们很少谈什么，我不过是一个寄放在他名下的学生，一年之后就还回去，没什么太大瓜葛。同样地，如果不是指导教授W先生把我托孤给他，我恐怕也不会注意到同校园里有这样一位先生。他走路的脚步不很快，很少出席校园活动，很少领带西服正式打扮，有时衬衫上甚至是有皱褶的，他不怎么梳整的头发，不怎么活气地说话，让人感觉他甚至不怎么情愿来上课，他并不期待课堂表演，不期待教学给他带来什么相长，当然他也不会期待知音。

我们的课，每周一早上十点钟，来自不同院所的四五个人，S先生舍弃大教室，干脆围着研究室的谈话桌上课。一个来自本乡文学院的学生，两位研究表象艺术、比较文学的日本人，我，以及一个经常翘课不到的韩国人，全是话少的个性，课堂气氛不可能活络，沉吟叹息，翻纸张的窸窣声，窗外小鸟啼叫。

S先生的论文和他的同龄学者一样：严格，细节，抓准进度，更甚他埋伏大量的线索，考据引述之后丢出来几句尖锐的观点，但在课堂上他全无那样的性情，细节依旧，更多的是漫步，我们经常望着一页文字发呆，等待一句夹着叹息，长长的"そうか（这样啊）"，要不就是带着领悟或不以为然的"なるほど（原来如此）"。

秋天的驹场，满树满地都是银杏，S先生的研究室位于长廊的最末端，不是很常有学生来探访，甚至他自己也不常来。全然不同于其他院所以研究室为家，日以继夜相处的工作团队，我们学生之间没有频繁的联系，先生也不知去向。

那天我早到了，从外头望着微微泛黄的名牌。论文写作期间，除了上课前后一些例行关照，我几乎没有来打扰过他。若非这一次必须跟他报告决定，征求他在同意书上签名，我应该是不会站在这里的吧。

他显然对我的要求感到意外，作为一个托养单位，他想必担心这该如何跟我的指导教授交代，因而，难得慎重和我多聊了几句。

我自然不可能跟他谈到五月的事，在这个国家里，私事是不宜多说的，我光开口说出创作这个理由就已经无比艰难。

我猜想，他沉默不是因为他同意我，而是因为他知道当下不适宜说服我。

很多年后，我记起他，模拟猜想他当时的心情。我对他的善意毫无怀疑。若说正确与安全，他给的建议当然值得，然而，他后来没再坚持，那片沉默，似乎有不短的时间，我想，不仅我迷惘，恐怕他也迷惘着。

在离开 S 先生的研究室之后，顺序上，我既没有成为一名创作者，也没有成为一位学者，只是掉进了截然不同的职场生活，和他一样，心不在焉的模样。工作上有几次机会去东京，然而就像再普通不过的商务出差，不观光，不购物，时间空当随便找家咖啡馆打发，看商品目录，看报纸杂志，就是没想过重返驹场，从来没有想要去拜访 S 先生。

唯在离职前最后一次出差，最后一天光阴，我动了念头，像个观光客搭上久违的井之头线，一样暗色的月台，一样阳春的东大驹场车站。S 先生的研究室在九号馆，我原本估计自己不会记得那是哪一栋楼，但一踏进校园，那些尘封的记忆便自然苏醒了，仿佛一切不过昨日，脚步自动走向九号馆方位，爬上楼梯，没有变，油漆依旧死白，光线不够亮，二楼左转，走廊到底，就是了。

S 先生依旧在这个角落，门上名片更黄了。不用敲门，从没开灯来看，他应该一如多年以前，不在里面。

我那时的念头是，啊，先生不知道变得多老了。

我拿什么面目来见他呢？他恐怕连我这样一位学生也不记得吧？回台湾后，我曾想过把出版新书寄给他，对自己中途告退表示歉意，并承诺我多少守到了我们讨论过的先后顺序，可我总是延宕而后便打消了念头，在他的教学生涯里，这想必是件小事，更何况一个不是日本人也不是研究中国文学的学生。我再三提戒自己，这些回忆的种下与解释，都只是我的想象，关于 S 先生在现实生活，在他人眼中，到底是怎么样的一个人，可能全然不同于我的想象。有一些人适合于被想象，容易被编织进其他种种未必与他相关的故事，S 先生就是那样的人。

直到论文口试那天，挂名我指导教授的依旧是 S 先生。我不记得他那天是否乖乖穿上了西装，只记得他坐在长椅的最旁边，显露了孩子气的微笑。

原来的指导教授 W 先生还在外地，回程飞机，我们可能在高空云层错身而过。和 W 先生的缘分浅薄，注定了我的东京行只是蜻蜓点水，再多的文化冲击、知识提点，都只是我一个人的事。

我以为我和 W 先生的交集就到此为止：狼狈，稀薄，太多的来不及。我第一次走进他研究室的时候，是个日文能力有限的年轻人，后来在课堂上我也常因为紧张而结结巴巴没法流利说出自己的观点，那种时候，W 先生的眼神总是严厉的，虽然更多时候他其实是个怕生、体恤他人立场的人，但在先生这个角色上他无论如何是严肃的，那些年，他又忙，忙得没时间顾全学生，他想大抵是先放出去野牧，时候到了，再圈进栅栏里来训练。没料到，就在他回来的前刻，小兽跑走了。

想来是连基本礼数都放弃了，我没给 W 先生写任何一点关于辍学经纬、就职报告，或仅仅只是问候的只字片语都没有。自觉是一个唐突的外来客，打扰了，然后，又没打招呼地走了。

直到两年后，书店工作的阶段，某日近午，总机拨内线进来，说是有个日本人找我。我估计是个体户书商，或是对台湾书有兴趣的日本人，随手抽了张名片，挟了笔记本，带点职业倦怠从地下室的办公室钻出来，结果却看到了 W 先生。

不像在驹场校园那样总是西装笔挺、不苟言笑，眼前的 W 先生穿着休闲，微笑，点了个头。

我脸上表情想必是极为吃惊的，为自己在职场的狼狈面露羞惭。W 先生体恤说他就住在附近饭店，来逛书店，想起我在这里工作，便试着来找看看。

"突然打扰了，不好意思。"他说了客套话。

更该感到不好意思的是我,毫无音讯回报的门生,W先生会知道我在这里工作,想必是从同门学长那里听说的吧。

我们在办公室上头的二楼咖啡坐下来,这是我们第一次在研究室之外的场所谈话。这空间仿佛把我们的关系也改变了,但这新的关系是什么呢?变熟悉了的师生?朋友?都不是,找不到关系使我感觉很紧张,不习惯,话说得断断续续,词不达意,不仅是语言的隔阂,更有一种个性上的内缩与拘谨紧紧规范着我们。

他简单问我在这里的工作内容,不几句之后,我感觉到他缓了缓气,动了动身子,像一般日本人那样要说主旨前的预备神态,然后,他果真说了:"真是不好意思,你写论文那年,我出国了,没有给你帮助,很抱歉。"

那口气是正式的,使我一下子不知道怎么办。

"如果这是使你对学校失望的原因,那真是很不应该——"

"不,"我抢下W先生的话,"请别这么说。"

我诧异他提起这件事,但很快又恍然大悟,也许,这几句话,就是他把我从办公室叫出来的主要目的。

内心激动,但也只能谨守礼节,轻描淡写回应:"不,不是这样子,没有这回事,请不要说抱歉。"

"那为什么不继续呢?当时没能跟你好好商量也是很不好意思啊。"

"是我自己没有找老师商量,而且,不,不是这样子的。"

我又重复了一次，然后转开话题，"因为我奖学金用完了，申请新的也没着落，所以，是经济上有困难才中断的。"

"啊——"W先生对这回答似乎松了一口气，随即又露出苦恼神色，"原来如此，是这样子啊，那你更应该找我商量，总有什么办法可想的。"

我像以前当学生那样受责罚似的低头说："对不起。"

W先生笑了笑，他看起来轻松多了："那就看什么时候回来吧。"

这话说得轻松，我却吃了一惊，不知如何应答，拒绝太快，答应也没有把握。

W先生像是已经把此行主题说完，兀自品起咖啡与欣赏外头街景。这个话题，作为学生的我，除了表现出高兴与感激的态度回答"好，谢谢先生"之外，说什么都是不适当的吧。

二十六岁的秋天，我常在漫长的文字工作之后，带着疲惫的双眼与脑袋，出去散步。不远处的公园里有仙川自小金井、三鹰蜿蜒而来，很多人沿着河岸散步、跑步，樱花时节这里绝美但尚未为人所知。关于那片绿地，有些景象写在第一本书的序里。W先生曾对我说过，他喜爱那篇序里的河边散步。我不知道他阅读我那隐晦的文字，是否也如我阅读他繁复的文字，对是否完全了解其中语意不十分有把握，但我相信W先生所说的喜爱，因为那些景物自身，确实带有一种抚慰人的静谧，即使透过语言的隔阂,我相信生活在其中的 W 先生是可能理解那种感受的。

很长一段时间,东京在我的抽屉里是封锁而被归类为不愉快的。我总不愿回答他人关于东京的问题。事实上,在好漫长懵懵懂懂、作为一个学生的时光里,如果我曾有什么时候是脑筋清楚,与自己有所对焦,也不过那一两年光阴罢了。

曾经我以为自己讨厌日本,以为那样对人的禁抑是我不要再忍耐的,那些满天飞的卡通娇媚之于我也是了无意义的,但很快我发现习于规范的日本社会看似秩序得要命,毫无个性,不过,那些琐琐碎碎的规范,某一角度来说,却预留了人与人之间的缝隙。缝隙之间,如果真正空无一物,确实就是冷漠,可实际上,那些缝隙充填各种心思,比较好的时候,缝隙成为人与人之间(即使只是一丁点)不互相打扰的私人地带,安全埋伏着不同的个性。比起外在框架的变革,大多数日本人,包括艺术、文学家们毋宁习惯往内部去协调自己,这使得他们在乎并尊重个人内在的感觉、感情,甚至瞬息生灭的情绪,在图书馆的辞典区里,光情感用语可以自成一册,在晚间电视剧里,莫不以梳理日常生活各种小情绪为妙点,在文学小说里,那些外在规范与内部个性的折冲、人与人间的缝隙,常常就是小说家写之再写的章节,丰饶细腻有时近乎偏执折磨的心灵。

年少时光,我总担心自己在他人眼中呈现出孤独的形象,而随手抓了随俗的语言、举止来掩饰自己，甚至因而践踏了自己。因此，当我发觉置身一个人与人之间有所距离，不至于被人亲切而粗鲁地妄下评论、侵犯打扰的时候，感觉平安地喘了一口气，更好的时候，这文化对细腻情感的养护，使我如鱼得水。我缓慢体验着，也许，我以一种逃亡的姿势离开五月所说充满压抑的地方，到头来，反倒曲折地将自己投入了一种更复杂的内抑文化里……

那可能是我作为一个年轻学生唯一颜色清澈的几年，在我接触到的小圈子里（而无法声称是整个日本社会的缩影），虽然苦恼，但如此安静，没有粗暴的争辩，即便争辩也是诗意的。在那其中，W 先生和 S 先生这样的人，呈现出一种苦恼而维持平衡的形象；不是毫无苦恼，也不至于因为苦恼而失去了平衡——那是我愿成为、与之亲近的人物（虽然这样的人物彼此之间往往正是不容易相互亲近的），他们给了我作为一个人丰富的可能，W 先生甚至成了我的小说人物：抽象的内在思维与外在现实发展的动态平衡，以及，沉默地一直保有着关于良心、理想（这种永远不应该失去，但讲出来却往往让人非常羞怯的字词）之可贵性质的人。

不带解释离开东京在我内心藏着负疚，以外在语言来说，它容易被定调为遗憾，如当年学长为阻止我而说得斩钉截铁的词：你会后悔的；可在深处，我在乎的其实是对 S 先生与 W 先生的虚委以对。与 S 先生那一席话，若非我把写作想得太轻易，就是对自己的能量太高估了。与 W 先生的二楼会面，是唯一可告解的机会，但我却没有说出口。日后几次遇见 W 先生，逐年说起的是，孩子大学毕业了，就职了，再过几年，结婚，然后，W 先生笑着说自己当爷爷了。和 W 先生的师生关系如今已淡薄到倘若我放下歉疚也只是我一个人的事，轻轻地在这本书留下一个尾注罢了，就像把东京的最后印象写在第一本书的序里。我怀念那些河岸的安静，虽然安静有时使人感觉孤独；人来人往，和善而淡漠，东京的确是个充满隔阂的城市，但现在想起来，我却非常喜欢那些隔阂。说来我或许曾经有过小小的信心，自己会在那个文化中得到某些疗愈，那个文化折射在我当时的心中，有一种类似疗养院的特质：安全，静美，孤独而冥想。我想，我是可以走过去的，抹除噩梦主的阴影，在那里长大成人。

五月到东京来的时候，我们的相处除了旧时的不相合之外，也是两个新文化的相碰撞。她是巴黎的孩子，灵魂大大敞开，追寻意义，没有什么现象不能用话语来加以拆解，且所有现象都该被话语拆解，被诠释，仿佛这是一种心灵的战术，智性的指标。我则愈来愈内化，对语言诸多怀疑，日本人那种只谈天气，漫不经心闲扯，不着痕迹把要说的话砌进去的方式，我不是不能接受。最早为日本人织就了小说写法的夏目漱石，读西方小说常为其间的男女情话过分露骨、放肆和直来直去而惊叹，在他自己的小说里，主人翁即便想对恋人三千代表白，仍然坚持"用平常的词汇已绰有余裕"，日复一日缓慢推进、微幅起落的心境，写了十来个章节，仍然什么悬疑或高潮都没有，忽而主人翁却一转而坚定明白：关系已经进展，爱的火焰已经燃烧过了；没有语言的直指，显露出来的往往不过脸色的变化：苍白、红扑扑、发青、难看极了。

如果我们没有在那一年重逢，我与五月将会沿着这两条文化线，各自走向多远的地方呢？基底的不同加乘倍数演化出更多的不同，我们会更加变成彻头彻尾不相似的人，在世上不同角落以不同守则过着自己的人生吗？或是，她终将以那样的方式结束自己的生命，而我就和其他人一样，从转了好几手的通知或者某一天的报纸，才知道了这样的消息？

那样的情况，会有怎样的不同呢？我能像阿粮那样平静地悲伤吗？我会继续留在东京？那时候，成城会更加接近一所梦中边陲的疗养院吧？五月故事既已在遥远的星球燃烧终结，余生我者合该以更冰凉的温度在疗养院终老，生命之书某一些页数被撕去，难再前后连贯的故事，但我们依旧会克难地将之读完。这座隔阂之城不会任意侵犯人，我尽可做个没有历史也没有写作的人，每天与植物与乌鸦对话，被某扇窗流泻出来的钢琴练习曲所安慰，用知识与技术把自己锻炼成脚跟站稳的人，就把五月身影留在活动中心那场最后相见，一种青春的基本色调，故事写到那里，打上句号。

这些都只是玄想了。故事让人措手不及地拉到重逢这一章。当五月站在东京街头，她整个人像异星球跑来的小精灵。当我焦急地打电话到航空柜台去询问五月下落，接线小姐回想许久，抓出了线索：噢，你是指那位说话带着浓厚法文腔的人吗？是的，是的，就是那一位，她的飞机起飞了吗？

起飞了。就在此刻，刚刚起飞了。春暖花开，两种文化、两种性格的我们终究吵了一架。春暖花开，都心却发生了地下铁毒气事件。我记得非常清楚，那天早晨光线如此明丽，春之绝美，信仰的幻觉却实际犯下了暴力。

五月离开东京之后，地下铁毒气事件的快报、评论、杂谈，充斥各新闻媒体，作为奥姆真理教团主要发言人的上祐史浩，每天出现在镜头前，相貌文气，眼神无畏，和教团其他成员一样高学历出身，知识、语言的技艺对他来说并非难事，我经常盯着他的雄辩滔滔，各式关于教团与信徒资料，一层一层剥想，到底是哪里出了问题？这些人脑袋里在想什么？什么信念让他们去做这些事情？那个信念有哪里错吗？听起来没错啊？那到底是哪里错了？

这些人不也源于对生命有所迷惘？他们不也想追寻内心的安顿？解脱？车厢里这每天挤得动弹不得、面无表情、早出晚归、无望而无尽头的生活，谁不在勉力寻找着解脱的方法呢？这些人和那些人有什么不同？我脑袋里有哪些环节松动或彻底崩坏了，面向世界的镜头剧烈摇晃，我感到无法评断是非，感到暧昧、感到有理却也善恶难判。这些人初心以对、全无怀疑所要追求的生活方式，完全另一套量表的价值与意义，几近不可能的世界模样，和我所知道的那些人所笃信，所谓小说（Fiction）之营造，是否有几分类似？同样出于怀疑与重建，同样振振有词的模样，甚或，同样对他人（现世）理解感到无望而转过头去的沉默……

对地下铁事件投与共感，想必是令受害者愤恨气结的事，但那些日子，我确实对自己共感于信徒的说法感到无所适从，内抑、孤独、静谧而强大的激情，对我而言的确有其吸引力，然而，这整个事件猛烈敲下的一槌正是，强烈的追寻也可能并生邪魔。我正目睹了一个因心灵之信而遍体鳞伤的人，五月完全让心灵结束了她自己，地下铁事件宛若一场寓言，拷问着我的脑子：心之能量可以无上限使用吗？如果答案是 NO，那一直以来我相信的岂非玩笑一场？如果答案不是 NO，那么，到底还有多少注意事项？到底还要锻炼到何等坚强？

作为一个核心干部，上祐史浩在教团确定涉案之后被逮捕自然是不可避免的事，整个地下铁事件想来差不多就从上祐被逮捕之后，渐次被一种单调的灰暗色彩所填埋，事件开始被定论，观点开始单一化，虽然新闻继续在播，事件继续在调查，但初期那种使人心头浮动、回想起生命初衷的思想缝隙，渐渐就被邪教杀人等说法安全地填补起来了。

那也差不多就到了我离开东京的时间，时移事往，这事件却一直像个缠乱的毛线球在我心上搁着。五月喜爱的村上春树，后来以《地下铁事件》和《约束的场所》[1]两本书关注了这个事件，后者尤其使我想起当年心情，那曾经允诺于我的——这是书名的原意——到底是什么？可信吗？它终会来吗？我初心不改吗？村上可贵地连缀了宗教与艺术的执迷，也（不得不极度）保持清醒地厘出了一些界限。写这本书的时候（多么巧合地）在NHK看到地下铁事件审判终结的新闻，长达十六年的司法审讯共判了十三名死刑犯，至于上祐史浩，这个年轻辩士，早在新世纪奥姆真理教重新命名另起炉灶的时候，一跃成了新的教主。

五月的故事在那一年终结，那同时也是日本因为阪神大地震而严重震荡失序的一年。某个角度来说，那是日本战后一个断裂点，一个长期维持的心理安全机制于瞬间烧断了几条保险丝，之于我，一所拟象的疗养院爆炸了，熊熊烈火，心灵迷路的人跑了出来，做了伤害人的事。尽管那些谜团多少挟带我们共有之迷惑与求索，但伤害千真万确，没法再以心灵为遁词，世人也忽然把亮光全打到了狂人的脸上。那些议论，夸夸斯言，非常道德，非常人道，我没法反驳，但就是觉得哪里不对劲，

---

[1] 大陆译为《地下》和《在约定的场所》(「約束された場所で—underground 2」)。

可另一个彼方的相貌也使我心生恐怖。那样的一年，乱码的一年，我得关掉档案，宛如埋葬自己的年轻时代于此地，按下磁碟重组，重新开机。

十年前后

这是五月。她站在影印机前，一页一页翻着五月的笔记本。五月姊姊刚才打过电话来说，在路上了。

如果不是因为这个约，她此刻应该还在医院陪伴父亲，默默翻着报纸，不知道该说什么。父亲的话愈来愈少了。窗外天阴，梅雨季节。父亲神情不断浮现，每出现一次，她就安抚自己别再去想。她得回神，处理五月的事情。

她想在五月姊姊到达之前，把笔记本印完。这些铅笔书写的字迹，也许再过几年就要消逝。几次梦中打开笔记本，一片刷白，使她错愕惊醒，无法判清到底发生过什么。五月活着？抑或已被取消了？那些笔记本在哪里？她浑身冷汗，慢慢拼凑意识，冷静下来，自己跟自己说：答案很清楚，一切就是那样发生过了，笔记本跟着她流转各地，一年一年过去，她愈是埋葬了青春，愈是感到青春灵魂哀悲未了，人生长夜，很想有个人商量。

月前电话，她为报上刊出有关五月新闻和姊姊道歉。这则完全没有事先知会的报道，使她尚未准备就绪的心情大乱，同时亦无预警丢了一颗石头,使五月一家想起了五月去世竟然已经十年。

啊,姊姊说:好像还是昨天的事情。

曾经以为十年这个数字够遥远,够客观,够漫长到使她们足以恢复,孰知倏乎十年,她们不过刚刚喘平了一口气,钟声就响了。

她们谈到五月的笔记本,慎重其事、密密麻麻的笔记。何等丰盈而沉重的逝者记忆。她显得焦虑而犹豫,不知道自己可以决定什么。关于一个早夭的作家,这些笔记本作何意义?她该为谁想得多一些?死去的人?活着的人?未来的人?五月又是怎么想?这些严格工整的铅笔字迹,或将成为她们这一代人最后的手稿。仅仅只是十年,科技与人之关系竟能变化如此之大。如果五月活到今天,她想必继续写着这些笔记,然后,撕下来其中几张,寄给心系的人,也可能将之编织为小说,继续给文学界丢震撼弹。当然,她亦可能已经转成电脑写作,不再需要誊稿,不再需要苦苦等候一封信的抵达,可恨的时差。她想必非常喜爱 email,即时沟通的 msn,以及永远不换号码的手机,啊,十年之前,这些怎么可能是她们所能料想,然而这些又多么可能给她们带来转机……

十年前,和五月讲完最后一通电话,几箱东西辗转交到她手上,她不过是个和五月同样年纪的年轻人,恍恍惚惚放弃学业,恍恍惚惚重拾写作,恍恍惚惚进入就业市场。独自一人。她想起最后一刻挽留五月:这是不行的,她说:我一个人办不到,办不到。

不会,你办得到的。五月心思已在幽冥之境,她重复说了好几次:你办得到的。你办得到的。

电话断了。

五月遗物与笔记本,某一程度成了她所谓"爱的礼物"。十年,她有时细细阅读这份礼物,有时又完全将之尘封。这是一份绝对的礼物,可也是一个难解的密码,在记忆缝隙间载浮载沉,五月礼物陪伴着她,有时温柔撑持她走过情绪幽谷,有时却也百般严厉检验着她的余生。

她无法确认这是一份个人礼物,抑或一个责任。她太熟悉五月写作这些笔记的背影,走向一个作家,五月的志向是明确的,这些笔记,是掏心挖肺的自我反省,是五月孤独的记录,冰山底层,那庞大的寒冷。然而她不能断定五月自身,以及五月家人,对这些文字发表的想法。她独自反复思量,几近猜疑不安,加以余生种种,不见得容易。她跟姊姊说:我迷失方向了。

不忆故无情,如今她非常容易掉泪,却固执努力要做一个无情的人。

职场责任，亲人家事，教学写作，一桩一桩，五花大绑无法动弹。这种状况固然方便做个无情的人，但毕竟有些时刻因为一点点阳光、一点点音乐，照妖镜般现出千疮百孔的原形，以至于必须把车停在路边，等待心内痛楚的过去。此刻，她在空气停滞的车内，因为报上一则关于小说家前辈走出丧子之痛的报道，按下现实生活的暂停键。

报道内容其实很简单，年近七十的小说家热诚不减要开办新杂志，同时提及小说家重新布置家居，将儿子房间打通成接待室之事。报道的语气是明亮的，将小说家的谈话引述（如果确实是引述）得十分明亮，将小说家的过度忙碌解释成对伤痛的逃避。

由于自己的经验，她不确定这则报道是否事前获得小说家了解，或许他只是和记者闲聊整修之事不料成了一则报道，或许他在看报当下也是无奈的。报道描述小说家活泼地讲话，让她想起不久前某个早晨，她摆了个三明治在小说家面前，希望他填点肚子再吃药的琐碎记忆。那应该也是小说家所谓过度忙碌的阶段吧，明明前一晚才挂了急诊，隔早醒来就又风尘仆仆赶来再谈戏剧演出之事。小说家一手抓着药袋，一手从提包抽出另一篇新的手稿，兴致勃勃跟她说故事的空档，囫囵把药给吞了下去。

去年秋天，她到火车站去接小说家及其夫人，南方阳光照在他的黄外套上，气色看来不错。对小说家而言，那应该是他们第一次会面，但事实上，她之前见过小说家，是在另一位年轻作家的告别式上。白发父亲来为逝去爱子的挚友送行，这画面，实在叫人不忍。这些年轻人是怎么回事呐，小说家的神情是严肃而看不出情绪的。后来相处，她既不提起也没多问逝子之事，唯某天饭后在街边纳凉，小说家与夫人问起她的年纪与工作，说来也算与逝子相同的世代，夫人亲切拉着她的手，关心如何走出文学青春、处理世俗责任的过程。

这样很好，师母说：如果可以这样想，很好。

师母说到这里转头望向小说家，好似要寻求什么赞同或了解。小说家若无其事点了点头，也许不很完全听见了方才的谈话，但那注视着车水马龙的眼神又浮起了一丝似曾相识的严肃。

她把话题打住。物伤其类。她不想别人多问，便也知道不打扰别人。与小说家几次谈话，如果她有某些片刻曾经想要说出什么，不过是想诚实以告，事实上是她，是她从小说家身上偷偷汲取着力量，特别是感受到小说家以那种宛若他们已接近时间尾端而年轻人却前景无限的眼光鼓励她多写作的时候，甚者，因为注意到与自己爱子年龄相仿的年轻人神气而泄露一丝叹息的时候，她很想对这父亲说：不，真正不完全的是我，真正得到启示的是我。她隔着一个距离，看小说家总也不停地写稿，带戏，推活动，对任何朴素善良的人维持着热情的招呼，围坐一起潦草扒便当也无所谓，那样坚毅高热度地活着，使她自惭形秽了。

一行人顺着展示方向走。这个介绍台湾文学发展的空间，某个橱窗摆着一本五月的书，横亘百年的文学队伍，五月小小的脸，站上了最后一个位置。

姊姊带着老父跑这一趟，说来只为了看自己女儿一面。过了这么些年，五月父亲神情舒缓了些，迎过来满是客气微笑。母亲脚痛，不能多走，坐在长椅上休息，看着孙子跑来跑去。

姊姊喊：来，宝贝，来看阿姨的书。

三个小孩子靠拢来，在标着性别与情欲的主题柜前，毛毛躁躁地探头。

老大是见过阿姨的，现在上中学了，有点过于沉默。老二当初正在肚子里，或许听过阿姨的哭声。至于老三，两岁多还包着尿布的孩子，却能不哭不闹兴致勃勃看完整场电影与表演。

就是这一本，姊姊指给小朋友看：这本书是阿姨写的。

父亲亦凑上前去，但隔了点距离，默默羞涩怕被人瞧见。等小朋友散去走开了，她回头望，父亲果然走近橱窗，一个人神情专心地看着。

不要打扰他吧，她和姊姊走在前头，继续聊着五月与父亲。任何关于五月的讯息，不管是书还是报纸，买得到的话，他还是会买好几份留着。我妹妹的文学成就，我想他当然是在乎的，可是，实在也有那么多我们不能了解的方式，奇奇怪怪的说法啊……她一边听着姊姊的话,一边回想五月生前在在提及父亲,人格的温柔,无私的支持……

此刻,这个父亲,出了一趟远门,客气而耐心看着每项文学主题的展览,之于他,这虽非日常熟悉之事,但基于对女儿的爱护,总尽力理解着。这个父亲,就和她自己的父亲一样,是那种被时代压抑着,没有机会琢磨出自己生命光彩的微型智识份子,总是和善而礼貌,习惯性的低姿态。她有意故作无意跟着他,以一种自己都觉得奇妙的情绪,对五月父亲说明墙上所播放那些作家的名字与故事……

悲剧人物,是每个时代都有的,坚强的灵魂,也是每个时代都有的。五月之死,戏剧性确立了五月的作家形象,可加在这作家之上的一些限制条件,一些穿凿附会、断章取义,又不时使他们忐忑难安,情何以堪。这么些年,她没有听过五月父亲对任何人发出谴责,他只是接受了一切,背负自杀者的耻辱继续生活,并为自己对别人造成的困扰致歉。不好意思,真是不好意思。丝毫没有报复心,自家人感叹五月,也只是说:外面讲的什么事情听不清楚,她自己也没跟我们讲清楚,但实在不管怎么样的情况总是可以商量、可以理解,不是吗?对我们来讲只要她能够活着什么情况都是可以接受的啊。

十年过去,告别的女儿,以另外一种方式出现在父亲和世人眼前,世人对这女儿的诠释远远多过于他这个做父亲的。终于走到陈列百位作家长廊的尾端,小朋友又被姊姊喊拢来,懵懵懂懂的感情，总是羞涩着的父亲，这时倒是毫不闪躲站在那小小一方相片前，慎重端详。

再怎么事过境迁，强作欢乐之间，毕竟还是有了那么片刻的寂静。

她们几次谈到五月的可惜。可惜她连一篇关于自己的书评都来不及看见。如果她知道，姊姊说，那些折磨她的，在今天，根本都不是问题。如果五月还活着，这个假设句，像是一篇一篇小说的开头，他们这个时代的呼声。如果五月还活着，她可能未必今天这样知名，却也可能写得更多，触及更多的主题。如果五月还活着，她可能为后来不断又不断的自杀事件黯然神伤，然而也有可能，后来的自杀一件一件都不会发生。如果五月还活着，又或者，1995年，如果林燿德还活着，如果张爱玲还活着，是不是之后一连串的事情都不会发生……

这些臆想显然过于甜美了。事实上，十年前的死亡不过是个开端，一切可能只是常态运转而已。如果五月还活着，应该和她一样发了白发，出席着无常的告别式。如果五月还活着，她或安身立命，或更能忍受孤独。如果五月还活着，她随时可以打一通手机给她。如果五月还活着，她会与她分担父亲病老的忧惧，玩笑也好，语重深长也好，要她更大步伐往文学走去——

相对于五月抛下父亲，以死亡换来了戏剧性的声名，向来回避文学道路的她，如今却痛感来不及让父亲看到自己的成就。她们怎么会以为文学如此而已？怎么会以为父亲们有比自己更多的能量去承受生命的磨难？雨愈下愈大，她一叠一叠收好五月的笔记本、作品手稿，五月逝者，时时映照她这幸存生者当下的面貌，她在老去，愈来愈频繁的生离死别，十年变化，遗物相对，五月是否还能辨识出她？而她又是否为余生丧失了自己的面貌？

姊姊理解地带走了几本笔记，她这座孤独的岛屿仿佛有人上了岸。

她想给小说家写一封信，关于那则报道，关于打通的房间，关于五月，关于父亲。

关于五月，意识底层到底是什么样的景观，十年来，她不能看得明白。曾经她以为自己会变得强韧，出于报复也好，愤怒也好，咬牙切齿说人生是要对抗下去的。可毕竟悲痛也是一种激情，星火烧尽，就灼痛地熄灭了，接而笼罩的是更大的黑暗。五月记忆，锁入一个透明密封罐，清楚凝视着彼此，却道不出任何感觉。他人径直说出五月名字，她若非隔阂毫无反映，便是措手不及，心底敲响一座大钟。直至前两三年，她去了欧洲，有意无意走过五月生活的地方。在那里，初次翻动五月，最后的自杀记忆。

我办不到，办不到。

你办得到的。你办得到的。

坐在桌子对面的友人惊醒她，敲着水杯问：你不生气吗？你不生气吗？

天黑了，老人小孩都累了。她与姊姊在走廊谈论未来的事。姊姊生命有一种天然的韧性，这些年又因为做了母亲更显坚强，但有些细节仍残余着小女孩的气味，就像非常多年以前五月所跟她形容的一样，任性，直率，抿着嘴角说出甜蜜的话。

湿答答的雨，模糊的交通视线，说来是令人丧气的，但姊姊依旧兴致地领着大家去吃饭。小孩吃饱了再度活泼欢喜起来，跑来跑去说着几岁几年级。她坐在五月父亲对面，慢慢听他说年老齿摇，慢慢等他吃完那一碗面。

这些景象，说来与她和五月的情谊毫无关系，但又似乎没有任何违背。一切平常。少者怀之，老者安之。她们还在路上。五月去了遥远的地方。

父亲们

久违多年未再来到小镇，即便有事，多半也和姊姊约在别的地点碰面，因此，这个巷口，在方才找路的时候，几乎已经没有线索可循。马路半边田地盖起成排透天厝，原本视野宽敞，在记忆中存着乡村感觉的五月家，现在看似一个没来过的地方；房屋外观也无从辨认，以前停着老车子的前廊，现在被黄色布幕、挽联所环绕，简单布置的灵堂，相片里是五月父亲温和的笑容，我望着，回忆他在病床上痛苦的形貌，希望一切都已经过去了。

从巷口一路铺排过来的花圈，是许多学校单位，还有一些镇上公所、农会、银行等机构的署名，这大约是五月父亲长年教员生涯所培育出来的学生，一年一年长大回乡，或者根本没有离开过，现在他们正属于镇上活动力旺盛的一群，是那些号召举办同学会的主要人物，很容易就可以说出好几个当年老师如何如何，当年如果没有老师就不可能会有今日之类的故事来。

和五月姊姊坐在桌前边折莲花边说话的时候，刚好就来了一位旧时学生，约莫有点个人的故事而把老师当成了终生的长辈，不管离乡或者最后转了几年回乡来，一路都来跟老师报告，跟家人也都相熟，现在这种最后时刻，更是每天都来。他捻过香，拉张凳子坐下来闲聊，约莫是顾虑我的在场，和姊姊说起五月小时候的事情，那是一个独享父亲宠爱的幺女，狡慧，好强，所谓孩子里最会读书，被期待成大器的种子。如此模样的五月，并不使我感到陌生，五月生前就经常提起父亲，无论是经济面或精神面，其宠爱与慷慨仿佛是无止尽的，即便五月后来如何在心灵上受尽折磨，受宠条件其实没有变过，只不过毕竟帮不了她。那是青春的风暴，倘若五月得以成年，会是什么模样，我没能看到，然而，宠爱她的父亲如何衰老，我却一步一步看了。这几年总不太愿意出席告别式，就连医院探病也不太去，父亲去世冲击还没有消化，类似场合难免触景伤情，可是，自从五月姊姊传来她们父亲病重消息，我不得不再一次经历病与死的洗礼，再次看一个人受疾病折磨，再次面对死亡的残酷，我没有逃，除了是世间基本的礼貌，也是因为这个父亲多年来最让我不忍心，看到他的存在就提醒我五月死去之哀伤，那哀伤始终没有减轻，仿佛我们其他人都可以疗愈，唯独这个父亲没有，他没有发出一点声音，但看起来更像他当年就与宠爱的女儿一同酿进那些哀伤之中，再也没有出来。

现在，他离开这个世界，结束了他的旅程，负重人生。

我自己的父亲，在 2005 年去世，距离五月之死，恰巧过了十年。

十年间，我一直浑浑噩噩地活着，抓不准哪里出了问题，模糊与封闭，是暂时过活的手段。要说十年间有什么是相对显得清楚、开放的，想来只有父亲这个角色；如果从东京回来的我完全是个石化无感，如工作上司所说丧失热情的人，那么，唯一还能使我内心生出温度的唯有父亲。浪子回归似的，以一种朴素的情感，依恋着那个被我离弃很久的父亲，不再爱任何人，也不想被任何人所爱，唯在父亲身上相信永恒、善良；我不知道他是否察觉我如此求援于他，如此想为我青春的冒失赎罪，甚至将我年轻时代所有取消的爱的动能，一点一滴重新回报栽育于他；毕竟我不想变成一个完全无爱的人呀，尽管那些爱只是一些日常生活，一些不经心的陪伴，但那就是我与世界最好的关系了。我暗暗以此维系着自己的生机，尽管看到父亲老了，听说他病了，就是没有真实想过父亲有一日会走，还走得那么突然，那么早。

总以为父母是不死的，会有这样的天真，若非极度晚熟，就是始终活在父亲的宠爱里。

小镇教员，这是关于五月父亲最好的形容词，共用这个形容词的是一大批出生在战火中的孩子，包括我自己的父亲。他们靠着发霉的地瓜签[1]与别无出处的决心，通过教育改变自己的命运，早早背起养家糊口的责任——父亲们的人生完全是以现实为基调的，政治且使他们规驯，被压抑，被蔑视，被管制只能习以为常，忍受被误解为次等人的悲哀，忍受整个族群恨铁不成钢的屈辱，这些父亲们的历史我们不曾知晓，因为他们如此谨言慎行，而我们又如此无知地只在乎自己的青春；父亲们继续劳动且寂寞，也继续宽大宠爱，遮风挡雨尽量不让我们受到限制，宛若什么也没有发生过，我们何其有幸，享用父亲们默默投注以让儿女尽情展翅，人生寄托在我们身上重活一次的沉默的希望。

从五月那严整的书架开始，一路到出国到最后一刻，五月父亲供给她无止尽的支援。我自己犹疑跌宕，最感激听到父亲暗中安抚母亲：这孩子你别管她，随她去。

仗着父亲们的信任，我们走向何方？踏进他们戒之慎之的区域，跳脱技术，直闯心灵思维，生命的苦汁逼着人要吐出来，我们胆大妄言就是要表达，这简直是站上父亲生命历史的相反面，戒严与解严，我们敞开自己，毫无安全防护地，横冲直撞。

父亲们活过了一个人性扭曲的世纪，直到两鬓白发，早年教养仍贯彻在他们的生活细节里，直到生命最后一刻，与死亡

---

[1] 地瓜签：由于早期台湾社会较匮乏，人们会选择食用地瓜，并削成数条；因外形细长，故名地瓜签。

的战斗，更展现了他们的坚韧，温柔个性里的倔强。我何德何能（何其残酷）目睹了父亲们在死亡来临之时所表现出来的惊人忍耐力，不忍卒睹的医疗折磨，他们连痛都很少喊，争取要活的信念，直到最后一刻。

相对被他们呵护在掌心上的儿女们的生命，却如此短促，我们为什么而死？连劳动都还来不及，如小鸟般飞出去就没有回来了。

点一炷香，告别。
伯父，我走了，您也好走。
希望五月真的来接你了。
我环顾周遭，不知五月是否真如姊姊所说，回来了。

10月中秋，姊姊来电，口气十分疲惫。昨夜父亲意识不清，不知哪来极大力气硬要拔管，生死交关之刻，幸得临床通灵看护出手相助，暂渡危机。通灵人低调说得不多，只说女儿孝顺冥婚拜见父亲，大小恶鬼趁隙纠缠云云。姊姊说得绘声绘影，伯父事后也的确歪斜写下：妹妹冥婚。神鬼之说，听是听过，但从未曾感觉如此近身。

你相不相信我妹会这样做？五月姊姊问。
百感交集。无言以对。
如果这是真的，她这样做一定是为了让我爸安心吧。姊姊说：她不可能伤害我爸的。

我点点头，除此之外，嘴上吐不出只字片语。姊姊所描述的那些画面，栩栩如生，但又全然不可掌握，我深吸一口气，内心骚动不已，几乎想要尖叫。

原本幽冥两隔，如今五月还在？在哪里？她看得到我而我看不到她？看到又做何感想？倘若五月来迎父亲，那么，此刻她在我们身边吗？她能看时隔多年竟是我年华不再和姊姊坐在这儿折着纸莲花送父一程吗？不能说我代她，我根本代不了她……心内纷乱，我该信吗？怎么信？信了又似乎非常残酷，浮出满腔苦涩……我只能收起思绪，化繁为简地想，好吧，就让这个父亲得到安慰吧，让他与早逝爱女相聚吧。

很多年了，我绝少在这个父亲面前提到五月之名，可那名字须臾不曾离开他的心上。和五月面貌有几分相似的姊姊又气又怜地说：他到现在还是会对着我叫错名字呢！这个父亲一直很客气，但又不是冷淡，甚至过多的礼貌；他的眼神底总有一点害羞，宛如自杀是罪，事实上，如果自杀是罪，真正驮负这个罪过活的其实是他，十多年来，我看着他老去，生活废了，局势乱了，再如何华美温柔的都不能抵挡粗暴与腐坏。

伯父纸上写得很明白：你妹回来了。

虽是病语，但伯父从非谵妄之人，他的神情平静，带着临终的觉悟。

父亲去世前的夏天,我陪他去参加最后也是唯一一次的同学会。

数个世代之前的老知青,各随际遇成了企业家、教授、高阶公务员,这里那里的校长、局长、督察,然后现在退休了,住了这一国玩了那一国。

垂垂老矣的人群互相报了名字认出年轻的模样,气味相投的同学热络说着往事,有人对我夸口父亲当年多么优秀,我看他,老姿态的微笑,因病急速花白的头发,消瘦身子,人群里毕竟显眼,我真不忍别人一看就知道他病重了。

我在教室角落坐下来,不放心父亲而没有离开。主持人先以各种冠盖云集的介绍开了场,然后四处笑声朗朗,权力自在的姿态,其中,我听到了父亲的声音:师范学校毕业之后,我便到小学服务,然后中学,直到前年退休,四十年的教书生活,与在座各位相比,我度过了平凡的一生……

听到最后那句话,我心上一痛。

人生际遇,我太知道他有过什么机会,因为什么阻力而放弃,这些都是老故事了,使我讶异的是,他竟然一丝愤慨都没有,一点埋怨、叹息都没有,方才那些展示权力与荣耀、庸俗的人的气势,一点都没有摇晃到他。

我抬起头来寻找父亲,他面带微笑,一种和平的笑容:我度过了平凡的一生……

那么多阻挡,牺牲,离合,误解,冷落,他只字不提,那笑容是真的。

那一刻,心好痛,感觉自己完全比不上父亲……

我没有和父亲谈过树人,也没有谈过五月,更没有谈过与他们两人有关的死亡。

在 DC 的椅子里,没法从五月的死开始倒述,没法从噩梦主开始直述,关于树人似乎也没提过,记忆之海明显突出来的礁石,我都闪过,在自以为平静的海面载浮载沉。孰料一些过去不以为意的旧伤开始松动,仅仅是童年印象的重溯,就足以使人晕眩不已;这晕眩也许正是一种适应的过程,我渐渐感受到治疗室的抚慰,尽管那抚慰是没有一丝温度,没有一点剧情的。

父亲生病之后,我减少了去治疗室的次数,终至就半途而废地离开了。接下来的是徒手与生活的战斗,没有 DC,没有药物,但抛出来的问题却是更尖锐的。

死亡。DC 点了一下就绕道走开的谜团,如今卡在面前。早自树人以来,自五月以来,我触碰到痛点就麻痹忽视的旧伤痕,如今没法闪躲,且它这次多么仁慈(?)打了预告,告诉我,它要来了:你慢慢看清我的模样吧。

死亡。尽管几度与它擦身而过,我毕竟是不认识它的。我不想谈与死亡有关的往事，厌恶死亡挟带的威胁，这全是关于死的情节，而非死亡本身。在与死亡最贴近的经验里，五月之死带给我的是接近宗教的献祭与理想的烧灭，那是瞬间的、充满激情的、青春的杀戮。死毕竟从来没有对我真正展示面貌。它以一种粗暴、抽象、腾空而降的方式出现，因此，之于我，死是一种暴力，不是一个过程。

暴力的结果是碎片，伤痕是碎片，恐惧是碎片，自以为无所谓也是碎片。暴力可以选择遗忘，碎片可以收拾，捡起来锁进抽屉当作什么事也没有发生过，尽管难免缝补的痕迹，但我还有选项可以顽强，可以逃开，可以压抑。

连该流的泪水都没有流出来。死亡的洗礼，并没有完成。

我或许是这样逃过了树人之死，树人也宽容地给我留下了生路，且他选择比我遗忘得更彻底。然而，五月之死却变得那么巨大，别说遗忘，天地间无所遁逃的感觉，我再如何在心理上筑了安全堤防，脸上印记也跟着我的现实人生，五月之死附随着我的文学道路，啊，钻起牛角尖来，有时我是真正觉得无路可走了。

是如此浑浑噩噩吧，就算我对世界已不抱敌意，也是悲伤不愿理会的。

后来几年，母亲常挖苦父亲：你也真有福气，转了一圈，女儿竟回身边来了。

父亲看起来没有很开心。这个当年在我离家北上之后，半夜起来如厕，经过女儿房间会忍不住走进去坐在书桌上发怔的父亲（往昔，他曾几次那样看着睡中的我呢？）会看不出来自己的女儿没有光了吗？一切都是假装，假装我还活得很好，且还摆脱了青春期的忧伤，变成一个和其他朋友们的女儿都差不多的人了。

穿婚纱的那个早晨，他天没亮就醒了，开车载我去婚纱店的路上，故乡市街仿佛还沾着昨夜的露水，我们闭上眼睛都能描绘，一样的白色火车站，一样的民生绿园，一样的红色孔庙，天未光，父女俩总是不怎么交谈，冬日早晨薄薄的霜雾。

之后，时辰到了，白色婚纱新嫁娘，父亲说：怎么看起来不像我女儿了。

我其实舍不得，但要装作什么事都没有。众人涌上来使我慌张，我们都不熟悉礼俗，连接下来要发生什么都不明白地任人领着走，尴尬中不免草率，父女一场，连拜别都没有。

后来父亲临终之际，我竟也没有跪下来拜别。内心极度悔恨。我无论如何从未真正以为父亲会死，那一刻到来，我傻了。

死亡的模样，具体而非抽象的，一整个过程，之前来不及想，没有勇气想，回避的，不懂的，如今都在眼前。死亡的账单，积累到父亲这一轮，终究要来追讨。守护病中饱受折磨的父亲，悲伤与绝望没有尽头，几近永恒（这是一种什么样的永恒呀），束手无策，但又不能束手无策，如果有什么可以给我帮助，我都可能去做，求神拜佛，忏悔发愿，倘若有路我都愿去试。爱有没有力量？有没有？种种信念、奉献、牺牲，一一用尽，希望从指缝间一一流失，不死心继续怀抱任何渺小希望，翻开每一张纸牌，每一则秘密讯息，还是微笑摇头：NO。

这就是死了。根本就不是选项，而是无可选择，大自然的结果。倘若承受不了，我们也只能将之说成一个命运与运气的故事而已。现实不可能如同 DC 的治疗室那样善于等待，它直捣核心，不以抽象，直接具象教示：毁坏的器官是这样的，无药可救是这样的，任有再强大的心灵身体一旦被病毒攻克也是要摧枯拉朽的。爱有没有力量？有没有？即使我说有，也只是让人提起勇气面对接下来的残酷而已。父亲生命歇止前涌出汗水，像是卡住了什么，大喘一口，过去了。这就是死了。覆盖。入殓。诵经。功德。药忏。火化。捡骨。晋塔。残忍的，荒谬的，无情的，一一发生了，一一目睹了。

死亡胜利了。我哭个不停，将以前没有哭出来的泪水，放纵地一次流干。同时，我们也和解了，死亡让我看到了它的面目，仿佛这么长的争战，就是要教示我这顽劣份子，无论如何，它是注定要赢的。

一旦俯首称臣于它的赢，最后一丝年少倨傲便已用尽，它对我挥挥手，像赶开一个吵闹人的孩子：去吧，去玩你的吧。

父亲走后，我的日记空白了好几个月，脑袋里原有的知识宛如地震过后似的位置大乱，当时就算眼前出现上下左右完全倒置的画面，大约也不会使我感到多么惊吓，就连宇宙这类之前不甚了解的概念都使我产生了兴趣。一句话，我想知道父亲去了哪里，虽然答案很简单，但就是反反复复地想。死亡这条路，以前走走碰到模糊困难之处就转头离开，现在，却想一直走下去，如果再多走几步可以多明白点什么，如果走到尽头会有逝者对我拈花示意。

直到今天可能我还在路上，也许这就是人生的基本注解，只是以前我不能领悟。

我曾以为失去了很多，可是，再历经一次剥夺，才发现自己曾拥有什么。如果我从来不知道我拥有什么，那失去的悲伤也只能是形式的，不知所以的悲伤，没有力量的悲伤，空洞的情绪，空洞地侵蚀，而没有办法生发任何力量。

是的，失去是可能生发力量的，我竟然神奇地转到了这一点。恍若大梦。

我思念，非常非常思念父亲。愈思念，就愈明白自己曾拥有什么，整个人仿佛因为这个思念而逐渐醒过来。

有一回在高速公路上开车，后视镜里一辆车打灯慢慢自左侧超越而过，我不经意转头看了一眼，驾驶座上是一张无论姿态或年纪都神似父亲的脸，非常像，以至于我只是模糊瞄见那侧面线条，眼泪就毫无防备地滚落下来。

那是个无关的人，全然无关从我身边经过，朝他的路程疾驶而去。那真是一个梦醒瞬间，看着那个像父亲的人，陌生而无关地经过，内心怎么呐喊，那个人就是与我一点关系都没有，我所曾经拥有，与我血肉相关的一个人，已经没有了。

能怎么办呢？无法减速也没法靠边，只好哭着一张脸继续开车。这是一条装载往昔无数南来北返记忆的高速公路，每次上车、下车总有父亲等在那儿，无论年少的我把这想成管制还是温柔，父亲从来没有缺席，但我们也从来没有拥抱，没有甜蜜话语，靠恃这关系是永恒不灭的……

那辆车已经完全逸出了视线，那个人到哪里去了？在高铁尚未开通，台铁又一位难求的岁月里，往复于这条高速公路动辄五六个小时的车程，我总是一点睡意也没有，脑子运转得比平常更为灵精，沿途一段一段浮出而又隐去的灯火，如今一站一站仿佛都还留着思索的痕迹。那些时刻，我手里到底握着什么而那么相信自己可以抵得住一切？一个人，在行旅的车厢里，相信心灵可以随着车速穿过时间，穿过空间，无敌天真以为速度可以打破僵局——

那些僵局，过往如坠五里雾，现在想来更像一场梦。是的，梦，多普通的譬喻，可许多事物的谜底竟然就是普通的，就看命运让人走了怎样的路程来到谜底，永恒的道理，文学里总也不灭的领悟与叹息。这些年跑中山高，总被抛进时光之流，回旋起落，生出梦醒之感，虽然每段地景都还记得，又显几分陌生新鲜，那些年的天空也曾经这么蓝吗？这是春天的光？秋天的风？难以置信自己曾在同样的这片天空下，用尽了人生中可贵的时光，那些翻搅的情节，被时间调准了焦距，逐渐显露出它们的关联；阳光晒进记忆的洞窨，让人看清了布置：原来是这样子的。故事连缀起来，人间无可奈何，山水始终温柔，我竟从来没有感觉。

浪子回归，或许此刻更是浪子回归，但已没有父亲。内心惭愧，竟有了好好活着的念头。父亲们曾经那样展示要活的决心，活，绝不是一个没有灵魂的人才贪婪着要去祈求的本能。如果我那么愿意父亲活下去，如何能不在乎生命？父亲能说话的最后光阴，一晚我去病房，他神色有少见的抑郁，没听到旁人杂谈而兀自陷在沉思里。

那一晚，我所唯一做对的事情是倾身问他：爸，你怎么了？

他沉默一会，然后，低低地，梦醒般叹息：接下来，恐怕是，无路可走了。

这是父亲从未说出口的心情。那时候，还没有人听到死神敲门的声音。我们这些理所当然活着的人，总以为不去提死亡就没事，总因不理解死之心情而无从与之交谈。我愣了愣，结果只是百般通俗地说：爸，没这回事，你别乱想。

我这笨蛋，哪里聪明呢，还不是像别人一样无情封堵了他的心情。作为一个父亲，他没再出口求援，没再说出一丝孤寂。之后的事情很快发生了。父亲的预感是准的，小手术的疏失，确实在那之后，忽然，就带走了他……

醒来吧，当我思念父亲，仿佛有股力量把我从颈后竖起，瘫成乱线的木偶危颤颤地立了起来,然后,谁温柔地吹了口气,小木偶就张开了眼睛,说了人话。无路可走。死亡才是真正无路可走。父亲面临死之将至,年轻女儿如何能说无路可走。父亲就是一条路。醒来吧,追忆似水年华,玛德莱娜小饼干,幸福盈满的瞬间,父亲摸摸孩子:好了,都过去了。父亲之死抚慰了五月之死对我的剥夺与震荡,当我终须放下父亲遗体转身离开,人生第一次激烈哭出声来,那时刻,内心简直被撕碎,绝望无情之中有一种完全不同性质的东西盖过了之前的悲伤,那差别不是孰轻孰重,而是一个包容的手掌覆上了另一只年轻的手心,一个挥袖把黑幕全给落下了——啊,何等残酷,父亲,我竟这样对你——我被撕裂而改变了,日后五月之死浮上心头,仿佛就有父亲守在那个世界入口,像以前在病房赶我早早离开:没事了,你回去吧。父亲的声音非常慈祥:一切都过去了。

离开五月老家,刚爬上二高,天色忽然陷入昏暗,大雨滂沱而下,视野迷蒙,行路难,往事一幕幕更替,如果会有五月及其父亲背影浮现于雨雾尽头,那也该是时候了,重聚,幕落;你们要走了吧,再见,如果遇上我的父亲,请一定帮我转告:我爱他。

我舍不得说我想念他,舍不得他有所挂念。爱,是无偿性的,你以前不经常这样说吗?死,是彻底无偿了。以前父亲还在,得以年轻,得以犹疑,得以迁怒与埋怨,现在父亲不在,哪来借口呢，一个人罢了，很自然就要老了。一片白茫茫大地真干净。

父亲之死对我最大的救赎，就是残忍而温柔揭示了生命的有限，死之存在根本性决定了人生的有限与残缺，任我们如何凿切意志于完美并无法改变这有限而残缺的来临，如何自弃自绝以睥睨之亦不能使这有限与残缺有一丝一毫的动摇——这是答案了，可答案显现的同时仿佛也有谁蒙住了我的眼睛，笔下自动滑出这样的句子：去吧，去玩你的吧。——我凝望这几个字，仿佛那是天外之音。爱有恨之对，光有暗之对，那么，死有生之对？五月，为你回到太宰吧。经历了卑屈、厌世、中毒、接二连三的求死，以及最后家族支援的断绝，太宰安静下来，他这样写："当我在租来的小房间里，连死之气魄都丧失而成天躺着的时候，我的身体却不可思议地强健起来了……"我该如何跟你解释，我其实从来都以为太宰是爱生之人，他真的只是气弱，可他又坚定不悔地要把气弱当作（艺术的）出发点，这让我怎么跟你说呢？艺术总有让人无言的时候，可至于死，我想说，父亲之死对我的另一个救赎是抹去了死的错觉与幻影，自杀，不是情绪绕胡同的一个出口，不是一个软绵绵的依靠，它连作为一个控诉都非常短暂；情绪之绝望深渊与死未必有什么必然的因果关系，它其实是一个陌生物，趁机攫走了猎物。

年轻的死。鲜嫩的猎物。自杀，有没有解决问题呢？没有，不过是横生生截断而已。这一株小树是灭了，故事会从别的枝丫长起，唯有父亲还守着旧株——抚养一个孩子接近一种创造，从无到有把她带来，魔术般看她从一个想象的细胞到一个小身体，一名少女，一只腾空飞起青春的鸟儿，拥抱而长大的身体，投注多少视线也不厌倦的过程——这些点点滴滴如何不使我痛感，五月，我们是不是错了？姊姊说，当年，面对办事处人员要求解剖才能开立死亡证明结案，你那拘谨的老父亲当场哭得声嘶力竭：别再伤害她了！

你听见这句话吗？五月，这一句我们若非朝着心之所爱，要不就是自己对着自己呐喊，以为没有谁会来真正对我们说出的话，你的父亲喊得够大声了，你听到了吗？倘若听到，你可以同我一起得到父亲的救赎吗？

我没有能力阻挡谎言与伤害于生命之外，没办法使事物结晶于至美的瞬间——如果这是你与我，青春之心所坚持要做的——做不到，死亡也不是做到的办法。相反地，在死亡之后的流水时光，我目睹的尽是变化，沧海桑田，人之变貌与情感的质变，一切不可阻挡，也往往情有可原。夫复何言。取代眼泪与呐喊的是强烈的孤寂感漫天而来，无孔不入，可相信我，心灵有其不死本事，如果你还在，想必能和我一样，没什么好慌张的，孤寂就孤寂吧，与孤寂同在，细看它的模样，看熟了就没有什么好慌张的。

是的，相对于那个遥远的二十六岁，我长大成人，比以前更像一个成人，不再是原来那个人，可能比原来那时还要更完整一些；孤寂与伤痛一针一针将我缝补起来，使我微笑，礼貌，化繁为简，战争里的太宰说：即使有超过以前的痛苦，我也会假装微笑，笨蛋友人说我已经世俗化了。

死亡，痛苦，爱，种种经验都不再神秘，不再引起焦虑与彷徨，魔力与幻想也随之退远。

清醒。多么简单的句子。

清醒不是一个结论，也不相对于某些疾病，而是一整个世界的模样。

我看见了，可眼前什么都摸不着，我所掌握的已没有形状可以诉诸，触摸得到的事物和往昔那个梦中世界没有多少联系，可那梦中层层叠叠的肌理依旧使人神往，梦的线条有些也底定了我们的模样，关于这些，我未能说清，也未能忘却；我感到写作的极限，也感到写作的无限可能，生命之土，任我怎样叠床架屋去描述一个经验，任我变化各种形式去回忆一段故事，每次述说都让我感到限制，再多的句子都只描述了片段，甚至说出的当下便已经切割了它，它已经不完整了……

脑海中响起DC的语言：失去的经验是一个完整的经验，完整的，那不是用一两句话或是简单的东西，就可以补回来的。

车子继续前行，每一个后退的瞬间，每一幅后退风景，浮荡生发无数画面，无限梦醒之感，对我召唤，对我道别，忽而在前，忽焉在后，好长，好长的梦。

梦

室温 16℃，我用冷水漱了口，刷了牙，泼了泼脸，简单的清洗，够冻了，足以醒透。

这是 2011 年的刚开始，天寒地冻，地球异常，梦蹑着脚步来了，我声嘶力竭大喊：——NO——

我没有立即从床上跳起来，用最快速度打开电脑里的档案，也没有随便抓了纸笔，尽快记下脑中梦的残余。

我怀疑。那些声音，极端之际内心涌生的各种念头，是隐藏在内心的外族语？化石的回音？古老的秘语箴言，或是，孩童原初稚嫩的情思？我们是活了很久很久？长时间在时空中漂流？抑或永远是个孩子？晚熟，拒绝老朽？

即便抓紧时间写下片语残言，也是没有把握成篇的吧。它，宛若高山登顶，在那里，我想与什么相见？是自己的面貌吗？我又必然想与那个面貌相见吗？啊，这可疑的痛楚，要不要一探究竟？

攀过高山又将如何？会有新的景观，抑或再一次的崩毁？

我再怎么对自己的人生无从确定，也该知道禁不起再一次塌毁了。

惊醒。全身僵痛仿佛要提醒我梦中恐惧如何延展到了现实肉身，我得把紧绷的自己从梦中一丝一缕抽出来、拔出来。劫后余生，匍匐，双手双膝，爬出来。

周围一片寂静，我应该没有真正叫出声。

文学上我已经很不喜欢孤独这类字眼了。

但我体会到的，确实是那种感觉，我找不到其他词汇来更快地形容。

非关强说愁，亦非复杂纠结的情绪，此刻孤独竟如此空洞，宛若落进地心洞穴，密林深不见尽头，嗅不出任何生物气息，就连一点点星光、月光，都没有。空洞。黑暗。我在哪里？毫无方向感。我竖直了耳朵，寻找远方任何一点汽车引擎，暗夜狗吠，时钟嘀嘀嗒嗒，都好，给我现实生活的证据。我试着找寻身体，睁开眼睛，看清楚，摸摸看，我得把自己拼回来。

梦大致是这样子的。

同志团体负责办她的丧礼，有些细节来询问我，征求帮忙，其中使我惊醒的段落是我被要求找几件衣服给在棺木里的五月穿。

之一，我找了两件裤子，细节交代，其中一件紧身窄管是她比较常穿的，但材质恐怕不容易燃烧完全，若是葬仪社人员觉得不能用，就改用另件宽点的，此外，还给了一件黑外套。

其中有些是我自己的衣服，梦中我仿佛知道，或不知情，也可能只是不知如何告知对方：我实在找不到她的衣服，只能从自己的衣服里翻找几件起码是她穿过的。

与众人接洽丧礼的同时，我似乎急着要回家，梦里的家是儿时的住处，父亲在那里等我，仿佛有假或者有事要回去和父亲度过几天。

下一个镜头跳到事情已经办妥，众人立在棺木周围，其中五月穿戴着我提供的衣物，众人要我确认是不是就这样上路了的情景。

我没说话，也没有要确认的意思。怀着不甚激烈的情绪，梦中对五月的死亡仿佛已经接受了很久，这个丧礼的举办也早就知情，诸事尘埃落定，只待送行而已。

怀着告别，或只是一些从来不知如何说清楚的情绪，我轻轻地摸了摸衣服，上衣领口，然后是外套的肩线，心中想起她穿过这些衣服的往事，轻絮般的回忆；指尖沿着长袖毛料滑下，直到袖口尾端透出一小截内搭衬衫，摸摸袖扣，然后顺下来碰到了袖外的她的手指，我搁着，作为最后的碰触，但就在这个时候：感觉心内大致安置妥当，正想将视线抬起来，对旁人礼貌致意然后离开的时候，我的无名指腹感觉到轻微的弹触——

我愣住，没错，有个微小的力，透过指梢，微微动了，碰触了我的手指，没错，动了——

瞬间，我浑身绷紧，来不及分清楚内心涌起什么，只觉长蛇急窜上心，放声大喊——

这个梦，古老，简单，具体，很容易让人做解释。比如说，五月之死被放得太大，五月之死在我心里没有安顿，处理五月文稿一直给我造成心理压力，等等。

如何解梦并不是我在意的。这梦使我尖叫的是：那个手指的触感太，太，太真实了。

只是一根指头，小指尾端一小节指尖，轻轻地动了，轻轻地与我碰触——

可那是一具尸体，一具冷冰冰，形色皆变，什么生命动作都不会再有的尸体……

没有人会在那种时候对这轻微的碰触无动于衷——

那是一种不可能，绝不可能，但发生了——

无论那后续衍生的是惊喜或是其他情绪，当下，一种本能的恐惧快速占领身心，尖叫——

我还来不及回神，太大的意外，震破自己耳膜的尖叫，把我从梦境边缘弹了出来。

这种众人皆已认定死去,唯独我在某个时刻发现死体尚有气息的梦,这几年来多半关于父亲。我不知几次在梦里匍匐奔跑,大声寻求救援,用尽力气阻止任何放弃我父,以死体对待我父,要将我父灰飞烟灭送至幽冥的人们,声嘶力竭向他们说明再说明,阻止再阻止:不,不,你们弄错了,没有,没有,我爸爸没有死,他刚才还眨了眼,他刚才还拉了我一下,他说他没有死,真的,你们弄错了!听到了没有!你们弄错了!停!停!停!你们没有听到我说的吗?停——

在尖叫中醒来,游荡在散裂的梦与现实的交界,我试着网罗梦里情绪,想探清楚那一声尖叫之后的情绪是什么?会立刻转为惊喜吗?(五月原来没死?)还是纯然的恐惧?(啊,这是什么在动?)接下来,我会陷入忙乱、追问,甚至愤怒之中吗?太多乱七八糟的问题、线头,在多年之前本都急冻、断线了,如今要如何收拾?还能收拾吗?这个触动代表什么?勾一勾手指是什么意思?是要醒来重新来过?还是又只是一个告别?够了,够了,我发现自己很烦躁,我必须醒来。

五月走后,我梦见她的次数不是那么多。我也总不喜欢梦,不想在文学里写梦。我不确定年轻时代是否做过那样多的梦,充斥着我与我的同代人的夜晚,那些以荒诞、野放、探险的强烈悲欢,使人因而惊醒、恍神留恋的梦。应该是有的吧。那些梦,好像我们费尽姿势、旋打水漂的小石子,在湖面上跳了几尖，荡起几圈水纹，而后便淡淡地平静，小石子沉进湖心，梦退了，被清醒后的世界很快地覆盖。

那些小石子如今都去了哪里呢？在湖心堆积成我们看不见的城堡？或作为游戏场的代币，继续回收，制造新的乐趣？

人生后来的梦，情节变得愈来愈简约，愈来愈呈现冰山一角的样态，不复小石子戏耍的趣味，而比较像湖边树梢某个被风吹落的果实，寂寞无声坠入广大的水面，或如寒冬枯枝，堆雪沉重难耐，在某个瞬间摧枯拉朽。

这些梦，即便不复年轻时代带着强烈的情节与情愫，其夜半钟声，地层震动，依旧具有让人夜半张着大眼，不知身在何处的威力。湖面波浪一圈一圈往外泛去，梦试图对我们显现水面之下的轮廓。梦也许不再是一个惊险，也不冒险，如浪一波一波重复着，倘若有时间驻足，静静听见浪的韵律，会发现岁月与经验使我们心底渐渐有了梦的谱路，揣测得出是什么触发了那个梦，那些线索源于何处，从哪里顺着水脉，蹑着脚步，走进了梦里。

在室温16℃的清晨，我感到这个梦长途跋涉，如今要来与我素面相见。我第一次感到，关于五月，我做了一个复杂的梦，不只是单面向的悼亡之梦，而是卷进了自身的作为与情绪。我估量那一声尖叫里包含了什么？至今没有梦过五月葬礼的我，第一次这么具体，这么清楚看到逝者五月，啊，那个指尖碰触，是一个求助？不舍？还是真正告别？

在这个梦来临的前几天,我和日本作家津岛佑子有短暂的会面。

这个一点都不喜欢别人提起她父亲的次女,今天已年过六十,一个渐渐从容面对诸事的年纪,我想,书封上明白写着"太宰治之女"的字词,她不可能没看到,也不至于看不懂,不过,她表现出一副无所谓的和缓状态。

演讲后的用餐时间,三四个人行礼如仪,说着再普通不过的话题,无人逾矩提到太宰治,我也只是简单陪着话,打算尽到陪客或读者身份即可。然而,当她正视我,问我为何会说日语的时候,那种同为写作者的视线,踏触了我内心某些人烟罕至的区域。是的,我几乎不太说日语了,放任那些刻苦学习、滚烫怀抱过的事物,退为烟尘,不留痕迹,每说日语我就感到软弱,藏不住自己的情绪,混乱思绪无法很快找到适当的词语来加以盛装,也来不及矫饰,于是便流露了狼狈的姿态。

关于东京,关于那个惶惶不可终日的夏日,关于玉川上水,瞬间朝我滚滚而来,这些原是我想忘却,也无意追溯,然而,眼前这个神似太宰的面容,使我内心某些旧伤口隐隐发痛起来。

一种片刻的缴械,渴望与人倾诉的愿望,该称之为告解吗?但我不会任意说出来的,何况对方也是无关的,有何必要倾听呢?我们都是被遗留的人,无可选择地被逝者的阴影笼罩,得挣扎着走出自己的路,然这个挣扎是不是又伤害了我们与逝者的情感呢?

说起来根本不是我多么迷恋太宰,而是我想跟这个与太宰有关的人告解,曾有那样的死,可是,这样的作为,和太宰的广大书迷又有何不同呢?和五月读者朝我发问使我苦恼受伤有何差别呢?

直言自己和太宰在同一种生命本质里的五月,如果此刻坐在这里,会如何举止呢?世事后来的发展,远非那个封闭年代下的我们所能预料;原来巴黎不远,太宰也不远,这是个什么都阻挡不了的末世,何不留下来躬逢其盛呢?五月。她那庞大无从压抑的热情在此刻应该会目不转睛地注视对方吧,会把对太宰的激情转移于这个根本没亲见过父亲的女儿,甚至忍不住触碰了对方不想提的话题……

我怀着心事坐在那里,强烈感觉到五月灵魂的骚动,虽然她根本已经离开这个世上那么多年,但一种记忆回绕的感觉还是使我非常无奈,我想摆脱这些,以我自己,跟对方谈一谈死亡、与逝者欲迎还拒的情感,或者,只要谈一谈当下这本新书,谈一谈其中的梦与殖民,都好,都比我笨拙地怀抱心事坐在那里好。

可能是在这个场合真实感触了五月灵魂的骚动,因而做了上述那个关于五月的梦吧。

那个梦，是一个开端，让我思量也许时候到了，四下安静，我开始有了写的念头，应该足以写吧，我想知道自己那声尖叫里到底包含了什么。

另一个梦，出现在写这本书的中后期，五六万字规模，我心中有了几分觉悟，无论如何都该写完这个题目。某个星期一黎明，大概是对天明之后的写作进度有点焦虑，胡乱做梦，出现了这样的片段：

年轻太宰治，因为参加某项活动而到台湾来。并非什么严肃的艺文讲演，而只是校园同人团体的海报或演剧活动。被请邀来参观或指导的太宰，随性地和教室走廊之间跑来跑去、不修边幅、热情直率的学生们比手画脚，大笑互动，这似乎很符合太宰留给人们的一般印象，贫瘠而勃发的演剧活动也正是太宰所在的二十世纪初期气氛。

但不几日，他感到有点累了，时不时得坐在教室里休息、发神，回复不是小丑也不是文人的日常模样。再过一些时间，他躺下了，在教室角落几张课桌椅拼成的卧铺上。比赛准备依旧进行着，临近规定日期，太宰显得更为虚弱，甚至有一种讯息：他的生命很有可能就要熄灭了，在这潦草的异地。

一种不安开始弥漫开来。受着什么催促，我被推近太宰身边，以谨慎礼貌的日文问道："母亲大人刻下也正在台北参与活动,是否,需要我们通知她?是否,想在这儿和母亲大人见上一面呢?"

他似乎相当讶异于这个巧合,母亲竟和自己同在外地?他抬头看我,眼底藏着狐疑:我这哪里来的家伙怎能知道他们的母子关系?但也只是一两秒钟,他又回复冷淡神情,闭上眼睛,陷入虚弱的休息。

我等候着,忐忑着,不知这是否一种冒犯?因为梦里他们似乎是一对断绝往来多时的母子。太宰闭目,似乎继续在思索着如何回答,脸庞修长而苍白,我注意到他的睫毛非常长。

同一时刻,梦境另端所浮现出来的母亲,很清楚是津岛佑子的形象,在时髦吵闹的书展会场演讲、签名,露出了疲惫的神态。

在死亡的逼近中等待回答,有一种压力逼着人想醒来,梦慢慢松开,一个环节一个环节脱落,滑回现实世界——我慢慢意识到这梦的荒谬——现实上,太宰早就去世多年,在他有限的岁月里,他对台湾的认识除了是一个殖民岛屿的名字之外应该不会再有太多了;而梦里的母亲,津岛佑子,根本是太宰:津岛修治的女儿,一个无论是脸孔、神韵、举止,都明显透露着血缘联系的女儿,在梦里变成了母亲;不过,类同于他们现实人生的故事,梦中那是一个毫无互动的亲子关系……

梦醒之前,我并没有得到回答。又是一个中途幻化的梦,也是一个与我无关的梦,但这个父亲与女儿的倒置(佑子现在的年纪,差不多刚好到了足以给年轻太宰做母亲的岁数吧),有一种无法确知内容为何物的哀伤,深刻扩散到了我的心底。梦里没有回答或许也是好的。因为,出于直觉,我想,即便有回答,那回答也只能是:不用了。

代后记
/ 生手的天真

尽管去过那么多次，DC 的治疗室到底位于医院建筑群的哪一个位置，我依然无法指认出来。印象里，它从大厅往内里走，与受病折磨的人潮一波波擦身而过，出了后门，再连接另一栋楼，愈到深处，人愈发少，直到山壁底钻入瘦长建物，寻得电梯上四楼，门开是另一种风景，空中走廊，反复几次转弯，我不知道自己又闯进哪一栋建筑，或是回到哪一栋建筑，空间标示上，四楼又变成了一楼，再搭一次电梯，直到看见那扇熟识的玻璃门，推开它，一条长廊指引我走到 DC 的研究室。

敲门，开门，里头不过一般寻常研究室光景，角落处摆了一几二椅，我只消固定三四个脚步，走到那里，选择背对门的椅子，坐下来，然后，离开时重复同样的路径。可以说，在那间研究室（或者，在那种时刻，我们必须改称它为治疗室），我相熟的只是那张背对门、望着窗的椅子：一张来来去去、承载许许多多无以为继之人生的椅子，给那段时期留下了最好的象征与命名。

全然不同于文献所描述，这个空间既不尊贵，也未必舒适，没有躺椅，也没有沙发，不过是一张简单茶几，两把（破旧的）面对面的椅子，绝大多数时间，DC不发一语，雕像一般坐在那里，那过程经常叫人感到无望，可那雕像总让人相信他仍倾听着，在，他在，也在对岸的那张椅子里。

我一直想为治疗室里的那张椅子写点什么，甚至是一本书，但那显然超出了我的能力。离开那张椅子愈久，愈觉得要定坐在（对面）那张椅子里而没有受不了痛苦抱头逃跑，实在是件不容易的事。当然，有些情况，我们不能预设坐在（对面）那张椅子里一定是个对称凝听的心灵，（对面）那张椅子里的角色不一定总是能够理解并给予祝福的人。DC坐在那张椅子里，雕像般的姿势，有时让我错觉他已经被来来去去的痛苦风化成石。SARS那些年间，接连出现了好几则精神医师自杀的新闻，使我联想到DC提过的诅咒或祝福。两张椅子里，谁是被诅咒的人、谁又是被祝福的人呢？如果未曾体验/理解过诅咒的滋味，何能给人祝福？破碎的人来到这里，想把秘密倾埋在这里，这样说，是电影《花样年华》里周慕云的树洞了，然而，坐在对面那张椅子里的，毕竟是个人而不是棵树啊。

人与人的感情，何尝不是寻找树洞之悲欢离合的故事；如果我们还能找到一个真正的人，而不是一棵树。五月在最终时刻找到了我，把无数伤害的秘密倾吐出来，以见证名之，如果她之后继续活着，我或许明白是一个人，但她说完之后就转身离开，我是一个人还是一棵树呢？电影里周慕云（导演王家卫说：这个人完全是一颗破碎的心）转身离开之后，下一个镜头绕回来，树洞已被泥土封上了。我要做的就是那样的事吗？

DC长年坐在那张椅子里，吸纳种种掺着眼泪、谎言、愤怒、怨恨之失魂又落魄的故事，替破碎的人收存记忆于这世上的一个角落，且他不能只是封填，还要以理解与倾听给予祝福，这是多么需要能力的事？我在那张椅子坐下来，某个角度来说，见证使我破碎，我来到这里是要一个倾吐吗？把DC当成一个树洞，那样的倾吐会让人释怀，得以解脱与祝福吗？

不。很快，这个答案便发出了声音。我也很快觉悟到自己根本无法把DC当成一棵树。更有一段时期，这张椅子之旅如同一趟苦行。你来到那里，一点都不意味孤寂会凭空消失，更不表示会有人出来替你裁判：错的是世界，而不是你。DC固然不反对，但也会提醒你：某些情势实在是生命的必然，或是，念头来去，固着于一个见解，以那个见解来诠释全部，是否恰当。这些提醒是温柔的，但对于陷在水里的人，也可能是冰寒的波浪。当然，这些都是我个人的衍义。DC在吐出这些提示的时候，字词往往极端简短，象征性的几个字，他说得那么幽微，简单，仿佛不能轻易惊扰两张椅子之间那一大片冰冻、汹涌，或是潜伏无数河怪的心灵之湖，他寡言，他斟酌，甚至他拒绝，把问号退还回去。

我离开那张椅子，不是因为失望，也不是因为对医疗不耐，而是，怎么说呢？该简单地说：是因为工作繁重使我没有空再去；还是抽象地说：我渐渐从DC这份关系上长出了一丝信任，而这个信任拯救了我。那个治疗室里没有录音机，也没有病历，甚至连一本手册都没有，他不过是执着地想在他的专业里留住人文精神的根，这是他的骄傲，但这可能也是他的谦卑，他的良心，他如此耗费，承受治疗室的苦楚（一个灵敏之心作为一个树洞的苦楚啊），然后露出那友善而思索的微笑，祝福坐在他对面那张椅子里的人，能够走出生命的苦境——这是一个人，初始，我总不相信这是真的，世界太粗暴，心太青脆，人人不过固守位置为己运转而已，素昧平生，何必理解与祝福？再者，我不相信活着，能跳过削减与钝化，而持续地打磨精细下去，倘若有人坚持如此，那时我看见的，若非导向死亡，即是疯狂。然而，DC雕像般地坐在那里，粗砺之中磨而再磨，保有温度的手心去凿塑粗胚；DC未必在药物或是所谓心理治疗这个步骤上治愈了我，而是以他的存在，渐次说服了我。

　　这份信任，其后并没有使治疗室变成一个简单的地方，甚至连再多一点的倾诉也没有达成，更明白地说，正是因为信任可能开启倾诉的门扉，所以，我离开了。可是，DC雕像般坐在那张椅子里的神态，仿佛定格成为一个象征，以至于即便我离开了治疗室，只要想及那个象征，一场仪式，一个走迷宫的自我收拾就可以开始。带着DC这样一个陌生人的信任与慈悲，我与现实世界之间存了一个系点，接下来的问题成为：该如何怀着那些伤害的故事继续生长下去?不能忘却,又不能时时记得;伤害的故事往往既美丽又丑陋,那其中,无论如何,曾将一个人最好的可能、最坏的黑影展演到极限,如果我不足以理解那其中的内容,也没有什么资格去保存这些——

《忧郁的热带》,中译本登陆台湾是九〇年代初,大学刚毕业,我把这本书当成学术书,放进了初旅的行囊里。从琉球那霸航向九州福冈的客船上,时光减速,打开它,一字一字慢读,学术摇身一变成了私语录,每个用字都带着丰饶的个性,隐藏那么多细节,个人的反思,抒情的语调,一个人类学大师忽而还原成了一个无时无刻不在啃咬自己的年轻人,那些所谓的旅行、探险,原来不是以猎奇混淆他的视野,不是以野蛮歼灭他的情思,而是相反地,把他带入更多的自省、更多的情思。

第六十七页,李维提到"生手的天真"。容我把它抄录在这里:

带着生手的天真,每天我都站在空荡荡的甲板上,兴奋地望着那片我从来没有看过的那么宽广的地平线,用好几分钟的时间注视着四分之一的地平线,观看整个日出日落的过程,代表着超自然的巨变之起始、发展与结束。如果我能找到一种语言来重现那些现象,那些如此不稳定又如此难以描述的现象的话,如果我有能力向别人说明一个永远不会以同样方式再出现的独特事件发生的各个阶段和次序的话,然后——那时候我是这么想的——我就能够一口气发现到我本行的最深刻的秘密:不论我从事人类学研究的时候会遇到如何奇怪特异的经验,其中的意义和重要性我还是可以向每一个人说个明明白白。

要回头说明这段叙述如何安慰我内心饱受伤害的文学认知,那是另外的故事了。写在这里,只能说,当时我是连一本文学书都不愿放进行囊的年轻人,把尚未打通的知识所导致的生活混乱,代罪羔羊似的归因于文学对心灵的诱惑。那趟旅行,我的念头简单而强烈,想远远离开文学,不再恋栈这两个字,比任何一个不了解文学的人还重重踩踏文学,宛若信徒踩踏基督的脸以证明我对文学再也没有幻想。

偏偏李维这本书,在那趟旅行里,以一双已经洞悉魔术的眼睛,心平气和、轻描淡写的口吻,提示我:根本不是这么一回事,事情没有那么复杂,要不,过了复杂这一山,你会再被带回来的。

"生手的天真"节录于《日落》,二十六岁的李维前往新世界,在甲板上,兴奋地,手拿笔记本,一秒一秒记下日落景观的瞬息光影。长达三四千字的记录,无人能与之相比的精细,在时隔二十年写作自传之际,只字不改地被录了下来。

那是用尽了凝视,一秒也不舍得错过的文字,企图心强烈而朴素,想将亲眼所见加以凝住,工笔描绘事物具体面貌的同时,也诗意地交杂了理论与历史的玄想。这份出于原点,李维称之为"生手的天真"的记录,不尽完美,但不可替代,其中热情满怀,如蒙神助的感觉,让人终老仍然着迷,仍愿颤抖着手去试。

我多么巧合地在(彼时已经显得零落,现时更是完全不存在的船之旅)甲板上,为他这样珍重生手的可贵而被安慰了。看起来如此伟大、深沉的灵魂竟曾有过一个阶段,以那种生手的天真,然而也是充满无可替代之兴奋热情,凝望世界,固执相信:如果我能找到一种语言——如果我有能力向别人说明——

是的,这两个简单的句型,就是一切的动力。我想的,不就是这么简单的事情吗?如果我能找到一种语言——如果我有能力向别人说明——这个语言与能力不就是文学?为什么这么简单的事情在我心中变得那么复杂呢?这个老人像在营地里赶蚊子那样挥了挥手,把我整片写满密语浓言的大黑板,瞬间擦个干净。我自省,或许,是我错看了写作的问题,那些幻觉、错觉、怨念、提戒之心,是凝望着黑板(白稿)的我的问题,而不是写作的问题。写作问题没那么大,大且难的是那些"如此不稳定又如此难以描述的现象",那些"永远不会以同样方式再出现的独特事件",一个心灵与新世界之遭逢:天空、海洋上下倒错的视野也好,终年无雪、草木不生的气候也好,所谓纯洁的野蛮人也好,景观新得令人惊叹,也让探险家大惑不解。

李维的航行,在登陆新世界之前,进入了郁闷的赤道无风带。"在这片海域内,两个半球特有的风都吹不到,所有的帆下垂好几个星期之久，没有一丝风吹动它们。"那是新旧世界之间的过渡，毫不快乐的海洋，平静无比的天气，几乎看不到生命迹象。李维在这里回顾了古代航海者（他们心中并不是要发现新世界，而只是要证实旧世界的历史），也描述了早期探险家那些因为视野有限所酿出来的怪异想象：长得像鳄鱼的蛇、牛头四脚的鱼、一棵不长水果而长绵羊的树……

船转向南，海洋气息不再自由流动，新世界的轮廓巨大地浮出地平线，青年李维第一次到了赤道的另一边，全新的世界与人类，旧世界的上帝、道德、法律在这里或将发生问题。他展开教学、旅行与探险，看原始人如何被强加了文明，和野蛮人一起吃了蜥蜴、蛇和蝗虫，这个终生将心灵操练到更细微、更时时刻刻濒临疯狂的人，到头来活过了二十世纪，比我们大多数人都还要久。

这本书里所讲述的故事，无论就语言或经验来讲，都是属于"生手"的。

那并非是些完美成熟的故事，而是一些"如此不稳定又如此难以描述的"时间里的过去。我曾经因为无法理解存放它，而冻结了生命的前进，及至此刻也不确定是否具备了合适的语言与能力去描述它们。然而，这些故事再不会重复，重复也不会有同质的凝望，尽管不完美甚至错误而耗费，但因不可替代，不可重返，除非彻底失忆，要不，我只能面对并试着理解；以

DC的语言来说，这是一种"浪漫但危险的想法"；以李维的说法则是，除非有一天我们发现另外一个星球上居住着会思考的生物，否则，这种（发现新世界的）经验也不会再有第二次。

李维的书如此破题："我讨厌旅行，我恨探险家，然而，现在我预备要讲述我自己的探险经验。"可以容我（也许是肤浅地）套用吗？我讨厌煽情，我恨伤痕文学，但我却在这本书里写到了伤痕。我不相信书写治疗。袒露五月以求自己的书写治疗，一直是我不能同意的，事实上，也没法这样做。书写不是治疗，治疗的路程已在之前走过，我耗费了多少光阴，治疗也未必痊愈，痊愈也未必是原来那个人。某位写作同业说得比较准确：书写不能治疗，那是本身快要好才能书写，那是痊愈之前的一个大口呼吸。

一开始，我以几篇短文的形式来写，以为焦点难免在五月，出于一种交代，我以为完成这个替代叙述，自己可以得到解脱。结果，愈写愈多，短文形式没办法负载。拉开继续写下去，积累到一定的量，同时也积累了一定的困难之后，我开始意识到，叙述五月不是重点，就算我叙述她，我也不能得到解脱；另一种说法，我没有得到解脱，恐怕是没法叙述她的。

——我感觉触到了要点，我没法看清这一片视野，恐怕也是没法看清她的。叙述五月原来不是重点，这是我跳出心魔的主要声音，整个故事也因此扭转了调性。不再因为写到五月而难受于道德上的洁癖，不再焦虑我所理解的五月未必是真正的五月。回到自身，却也不见得轻易。处理故事的时时刻刻，宛若以自己的方式走着 DC 椅子里的路程。路上，许多次，落石，关卡，我与我自己的 DC，一个说故事与听故事的人，彼此责问：这是绕道走开，还是笼统套上结论？这是赝品还是花边？如果总是模糊不清，到底是什么被遮蔽呢？故事面临选择：继续删减，或把范围再拉大，所谓加法与减法的抉择，过去我惯用减法，但这次若继续使用减法，答案很简单就是归零，我试着跟自己协商，我得试试加法。

打开，让可关联的进来；这是有关的，那是有关的，然后，构成了整个图景——怎么以前从未如此看过？在哪里中断、哪里遇到困难？是真的忘记、还是冻结？打开，是一种解冻的过程吗？有些时候，忽然想起一两个细节，像找到一两枚遗失的螺丝钉，把它们卡上去，放进位置，整部记忆的机器忽然动起来了……

就这样，过去十来年间许多写了一半，开了头搁笔，甚至一些反复修改却始终没定稿的文字，找到了位置，栽植进去，然后长出更多的枝叶，原来在这里，原来那些无法建立的脉络在这里，那些难以析滤的意义之根原来在这里，那些不得不语焉不详的叙述原来是在路经此地之际被落石阻断了。

所以，这并不是一本关于五月的书，而是关于我自己，其后与幸存之书。

曾经我以为这本书不会出现，如果倘以幸存，还足以写，应该直接跳入下一阶段。我开始动笔写其他几篇悬在心头的小说，然而，过程多所踬碍，不禁使我怀疑自己的书写能力是否真因一场疾病肆虐而难以回复，某日与朋友碰面，聊了几句，话题转到这个怀疑。

在听完我的描述之后，我感觉得出来，他对我口中说的新作没有生出很大兴趣，我们继续漫天胡扯，感时伤怀，我自言自语："有些东西没写，还真到不了下一步。"

本来不太神采的他这时忽然亮起来，朝桌上拍了一记："你会这样说，就代表碰到问题了。"

接着，我们不知从哪里开始提到五月，事实上，这应该是我们第一次触及五月。我谈到延宕，对时间耗费之大感到惊吓，动不动就是十年，倘若生命重要经验都得费上如此时间去反刍，诸事澄明之日生命也差不多已到尽头，还有多少时间可写？

他简单应了一句："你就是在逃避嘛。"

那口气是漫不经心的，逃避也是陈腔滥调的词汇，但我听进去了。

当整件事变成"陈腔滥调"就可以形容的时候，再不正视它，恐怕它就真将隐匿成一个发烂的伤口，使人面目可憎；要不，就是意义真正平庸化，对生命起过怎样冲击的重大事件、经历，其意义都将日渐风化，变得一点价值都没有了。

这些篇章积蕴多年，成稿时间却极短暂。利用每天好不容易协调出来,黄金珍贵的两三个小时,座位不敢稍离地埋头苦写,好几次,脑袋与眼睛烧耗到难以运转而必须停下来的时刻,我站起来,随便眺望任何一个可得的风景,感到某些沉重、黏滞,经常被医生形容为"拉警报的身体",似乎变得轻松多了,我不得不觉悟,很长很长一段时间,我的确行尸走肉般地活着,若非停滞,就是极端劳碌,仿佛想借尘务劳作来挫折自己身上残存不死的文学之虫,我心存骄傲,却又一直蔑视自己,这样的不和谐毕竟没办法安顿下来成就什么,而只能在彷徨中度日。

如今,我航过那个郁闷的赤道无风带了吗?我即将出发去哪里?抑或,我从何处归来?写作的船帆下垂搁置了非常久,水天一色,雾气茫茫,记忆的魔山,五月,想来不只是我陪她走过一段性别认同之路,她也伴我熬过一段非常漫长的写作认同之旅,即便是她已经不存在的岁月里,她的形象及其书写,对我是一种抚慰,也是一种刺痛,我们曾经彼此反对,却又同时扮演倾听者的角色,无论是不断攀高追寻,或是不断挖深内化,我们争执,终致谅解,了悟彼此并没有太大的冲突。李维的旅途也不全是兴致勃勃的,他总自问:为什么我跑到这里来?我到底是希望些什么?他怀疑,诚实得令人惊心:探险是一种聪明的旁门左道,好让自己在归队之后具有额外优势?还是探险根本源于自己和原生社会情境的不适应?那个自以为要放弃文明世界、前往所谓未受污染之纯洁、野蛮新世界去寻找新价值的探险者,却在误解、等待、空虚、烦死人的过程里,面临崩解,"甚至连那些最人性的对我都变成不具人性",旧世界的浮光掠影,音乐或诗的片段,在荒野之中萦绕耳畔,啊,如今,两个不同的世界之于我都不再具有完整的面貌,新世界于掌握之中消失于无形,一个迂回复杂的路程,仿佛要把人带回旧世界去,可那来时我所信的选择、意义与价值似乎已被摧毁了……

摧毁是好的。其后或许生长出新的文明。我多愿意讲述那些倾斜而破碎的景观,如果我写得出来。我的探险经验?我真不希望我只是把它写成了青春的伤痕。我年轻的苦恼:写作值得什么?什么值得写作?李维开玩笑说:旅行的本质应该是对自己脑袋中的沙漠进行探索,而不是对周遭沙漠的探察吧。面对新世界,面对野蛮人(如果我们自己就是那些完全一无所有的野蛮人),如果我们没有粉碎,没有陷入成见,没有轻率说出可笑的结论,那就写吧。李维的年轻笔记,除了《日落》,还有一段营火笔记我亦非常喜爱:一群被其他人类学家描绘为身体肮脏无比、肚里胀满寄生虫、不停放屁,而且还脾气大、心里充满恨意、不信和绝望的南比克瓦拉人,在李维眼中,却是在承受了大自然仿佛充满恶意的剥夺之后,还能相互拥抱、呢喃细语、轻声欢笑的族群,在一无所恃的凄惨景象中,这些完全赤裸的人,"每个人都具有一种庞大的善意,一种深沉的无忧无虑的态度,一种天真的、感人的动物性的满足,"李维以生手的天真,如此小结,"把所有这些情感结合起来的,还有一种可以称为是最真实的、人类爱情的最感动人的表现。"

图书在版编目（CIP）数据

其后 / 赖香吟著 . -- 成都：四川人民出版社，2020.9（2021.1 重印）
ISBN 978-7-220-11905-7

Ⅰ.①其… Ⅱ.①赖… Ⅲ.①回忆录—作品集—中国—当代 Ⅳ.① I251

中国版本图书馆 CIP 数据核字 (2020) 第 108673 号

四川省版权局
著作权合同登记号
图字：21-2019-457

Copyright © 2012 by Lai Hsiang Yin
本中文简体字版由印刻文学生活杂志出版股份有限公司授权银杏树下（北京）图书有限责任公司在大陆地区独家出版

QIHOU
其后

著　　者	赖香吟
选题策划	后浪出版公司
出版统筹	吴兴元
编辑统筹	朱　岳　梅天明
特约编辑	范纲桓
责任编辑	熊　韵
装帧制造	墨白空间 · 曾艺豪
营销推广	ONEBOOK
出版发行	四川人民出版社（成都槐树街 2 号）
网　　址	http://www.scpph.com
E-mail	scrmcbs@sina.com
印　　刷	北京天宇万达印刷有限公司
成品尺寸	143 毫米 × 210 毫米
印　　张	7.25
字　　数	144 千
版　　次	2020 年 9 月第 1 版
印　　次	2021 年 1 月第 2 次
书　　号	978-7-220-11905-7
定　　价	48.00 元

后浪出版咨询（北京）有限责任公司 常年法律顾问：北京大成律师事务所　周天晖 copyright@hinabook.com
未经许可，不得以任何方式复制或抄袭本书部分或全部内容
版权所有，侵权必究

本书若有质量问题，请与本公司图书销售中心联系调换。电话：010-64010019